Sonya
ソーニャ文庫

愛が欲しくば、猫を崇めよ

山野辺りり

イースト・プレス

contents

プロローグ

悪夢だ。

あまりの事態にコティは凍りついた。

いや、悪夢としても常軌を逸（いっ）していると思う。

そうでなければ何故、自分は今こんな状況に陥（おちい）っているのか。

すっかり夜も更（ふ）けた深夜。初めて足を踏み入れた殺風景な部屋の一室。しかもベッドの中。更には一糸纏（まと）わぬ己の姿。そして最悪なのは――

――何でこの方も全裸なのよっ？

腰回りを辛うじて覆う掛布だけでは、男の筋骨隆々の肉体を到底隠しきれてはいない。戦神（いくさがみ）の彫像もかくやという見事な筋肉の陰影が、惜しげもなく刻まれていた。

こちらを向いて横臥（おうが）する男の胸板は分厚く、コティを抱きしめている腕は一般的な女の太腿(ふともも)ほどもある。腹はくっきりと六つに割れ、腰から続く線は恐ろしいほど艶(なま)めかしい。

一切の無駄がなく、かつ実用的に鍛(きた)え上げられた肉体。

何もかもが絵になる。同時にひどくいやらしい。

彼が軽く身じろいだ瞬間、掛布がずれて、男の下半身が際どいところまで露(あらわ)になった。

「……っ！」

慌てて眼を逸(そ)らしたものの、心臓に悪い。コティは生まれてこのかた、成人した異性の裸なんて見たことがないからだ。それでも瞳に焼き付いた残像までは消せない。しかも実のところ、男の裸は既にバッチリと目撃した後でもある。

今はギリギリ隠されている大事な部分も、真正面の至近距離で鑑賞済み。

だが途轍(とてつ)もない混乱のあまり、記憶がこんがらがっていた。覚えているけれど、認めたくない気持ちが強すぎるのかもしれない。

――駄目……頭が変になりそう……

こんな事態になったきっかけは、さほど遠い昔のことではなく、つい数時間前である。だから当然コティだって把握しているのだが、頭が整理しきれずぐちゃぐちゃだった。

とにかく念のため、こっそりと彼の顔を確認する。

ひょっとしたら何かの間違いで、コティの知る『その人』ではない可能性を思い描いたためだ。ただしそんなか細い希望はすぐさま打ち砕かれたが。

やや硬そうな黒髪の短髪と、端正でありつつも迫力と圧がある顔立ち。

キリッとした眉は、意思の強さと寡黙さを表している。少し配置が違えばたちまちバランスが崩れてしまいそうなしっかりとした鼻は、彼の男っぽさを強調していた。肉厚の唇と相まって、男性の色香すら漂わせている。

戦場で負ったらしい大小の傷は全身に残されているけれど、顔は綺麗だ。小さな傷痕もない。それがまた彼と真正面から対峙して勝った者はいない証なのだと感じられ、畏怖の念が募った。

――連戦連勝……無敗の『最強騎士』……この国の英雄……つまりそれだけ大勢の人を手にかけた――

今は閉じられている瞳は、血のように赤いと知っているせいで、恐怖が膨らむ。何でも戦場では、より赤みを増して輝くのだとか。はたまた敵の血を浴び、色味を増すとも。仮に味方であっても、『不要』と判断すれば簡単に切り捨てるなどとも聞いた。真偽のほどは定かではない。

だが火のない所に煙は立たないのも事実。

実際、常に不機嫌オーラを漂わせ、『この世の全てが腹立たしい』と言わんばかりの雰囲気を滲ませられれば、怒りの対象が己でなくても委縮するというもの。迂闊に話しかけようものなら、一刀両断にされそうな空気を彼は常時発しているのだ。

かつて耳にした数々の噂話を思い出し、コティはフルリと身を震わせた。

「……っ」

その振動が伝わったのか、男が小さく呻く。彼に眼を覚まされては堪らないと、コティは咄嗟に息すら止めた。

――待って、起きないでください……！　わ、私はまだ死にたくありません……！

男は、眠っていても眉間に皺が寄っていた。

いっそ歯軋りでもしそうな風情である。とても安らかな安眠とは思えない。魘されているとまでは言えないが、万が一彼の眠りを妨げれば大変なことになるのは想像に難くなかった。

つまりコティは一層身動きが取れなくなり、硬直する以外道はない。

ちなみに、二人は恋人同士でも何でもなく、何なら友人でもなければ知り合いかどうかも怪しい。

しいて言うなら『顔見知り』。それもこちらが一方的に嫌われているという注釈付き。

それがどんな運命の悪戯で、ベッドの中に二人きりで素っ裸のまま横たわっているのかと言えば――

――私にも理由はさっぱり分からない……！

正確に言えば成り行きは理解している。だが大元の原因ともいうべき始まりは、奇々怪々すぎて言葉での説明は難しかった。

つい先刻までは事情が違ったのだ。

少なくとも、未婚の男女が全裸で同じベッドの中などという絶望的状況ではなかった。

けれどほんの少し時間を巻き戻せたところで、事態が打開するとも言えない。ある意味もっと混迷する。

コティは己の視界の端に捉えた自身の薄茶色の髪を睨み、ゆっくり深呼吸した。それから音を立てないよう慎重に自分の手を握り開く動作を繰り返す。

――私はちゃんと人間……よね？

当たり前すぎる問いかけを自らに投げかけ、叫び出したい衝動を懸命に堪えた。そうでもしなければ、本気でおかしくなってしまいそうだ。

――それとも、もう手遅れ？　私、変になってしまった？

変かどうかで言えば、正常であると胸を張れる自信は正直ない。これまで培ってきた常識を打ち砕かれた今、あらゆることが根底からグラグラと揺れていた。

その原因は。

――髪の毛は体毛じゃないし、掌は肉球じゃないよね……っ？

人間であれば当然である。

いくら毛深くても、全身モフモフなんてあり得ないし、ふっくらとした肉球と鋭い爪が出し入れできる手なんて持っているわけがない。

念のため、そろりと尾てい骨辺りを探っても、そこに尻尾の感触はなかった。言わずもがな、耳は顔の横にある。決して頭上に三角形で存在してなどいない。

そもそも視線を下にずらせば、白い素肌と細身で小柄のわりには豊満な乳房、ほっそりとした二本の脚が見えるのだ。ならばコティが人型であることに一片の疑いもないのだが。

――じゃあどうして、さっきまで私は猫だったの……!?

声にならない悲鳴を漏らし、コティはしばし呆然とした。

1　女、猫になる

子どもたちに食事をさせ、洗い物を終えたコティはすぐさま市場へ買い物に向かった。

基本、寄付や住民たちの善意で差し入れられる品で食事も日用品も賄うことが多いのだが、どうしたって足りないものはある。

その一つが貴重な砂糖だ。庶民にとっては贅沢品。それでも今日は隣国から行商人が三カ月ぶりにやって来る日。お買い得商品があるかもしれなかった。

――もうすぐ聖人の日だものね。一年に一度くらい子どもたちに飛びきり甘いケーキを作って食べさせてあげたい。

コツコツ貯めた大事な金を握り締め、コティは賑わう市場を見回した。

すると想像通り、異国の衣装を纏った人々が簡易店舗で呼び込みをしている。取り囲む客の隙間から覗き込めば、狙っていた砂糖もずらりと並んでいた。

――あったわ……！　それに安い。やった、来てよかった……！

さっそく売切れる前に砂糖を購入し、本日の目的は早くも達成である。予想以上の収穫を得られて、気分は最高だ。思わず満面の笑みがこぼれた。

――この量なら、聖人の日以外にもお菓子を作ってあげられるかも……誰かの誕生日だと、毎月は無理だから不公平になっちゃうかな？

考えるだけで楽しい。かつての自分も、甘いものはなかなか口にできないご馳走だった分、食べられる日は数日前から嬉しくて堪らなかった。

当時の気持ちを思い出し、コティは宝物に等しい砂糖の袋をぎゅっと抱きしめる。賑わう市場は忙しなく、いささか埃っぽい。

もう用事は終わったので、すぐに孤児院に帰ろうか。やらねばならない仕事はいくらでもあるのだが――

市場に視線をやれば、活気が溢れていた。それに珍しい食べ物や工芸品、綺麗な布や装飾品などが通りのずっと向こうまで並んでいる。

隣国の行商人がやって来る日は、いつも以上に賑わっており、さながら祭りのようだ。きっと見物するだけで楽しい。

少々迷ったけれどせっかくなので、コティはもう少し市場を見て回ることにした。

普段、あまり外出することのない自分にとっては、僅かな時間店を覗くだけでも冒険に等しい。それに最近、ちょっとした悩みを抱えていることもあり、気分転換をしたかったのだと思う。

長く続いた戦乱で親を亡くしたコティは、幼い頃から孤児院で育った。

幸いにも身を寄せた院の職員や院長、それに共に暮らした友人たちに恵まれたため、自分を特別不幸だったとは思っていない。

貧しくはあったけれども、愛情は存分に注いでもらった。だからこそ院を出て独り立ちする年齢になっても留まり、職員として働く道を選んだのだ。

孤児院の労働力は、大半が善意の手伝いだ。または通いの職員。住み込みで常駐しているのは、今のところ院長以外はコティだけ。

とは言え給金はほとんどなく、衣食住が確保できる程度でしかない。それでも毎日充実している。十九歳の娘として華やかな人生とは言えないものの、コティ自身は充分満足していた。

つい先日までは。

――院に帰るのが憂鬱だなんて、感じたことはなかったのに……

建物が老朽化していても、コティにとってあそこそが紛れもなく家であったし、職員と共に暮らす子どもたちが、血の繋がりは関係なく家族だった。

優しく尊敬する院長のもと、慎ましく穏やかで幸せな日々。変化や刺激に乏しいけれど、それこそ安定志向のコティが望むものでもあった。

――仕方ないのは分かっている。変わらないものなんて一つもない。院長先生だってご高齢だもの……無理はできないよね……

コティが孤児院に引き取られた当時から『お爺ちゃん』だった院長は、今やすっかりご長老である。

杖を突かなければ歩けないし、眼はかなり悪くなっているらしい。業務の大半を他の職員や手伝いの者に任せていたとしても、年々身体の自由が利かなくなっているのは、傍から見ていても明らかだった。

そこでつい数カ月前、正式に職を辞することになったのだ。代わりにやってきた新しい院長は、四十を越えたばかりの男性だった。

前院長と同じように柔和な笑みを湛えた、優しげな風貌。中肉中背で清潔感があり、話し方も上品で落ち着いている。その上実家は男爵家だとか。

家を継ぐ可能性は著しく低い三男坊で、しかも没落気味だと本人は言っていたが、貴族であることは間違いない。

仕事ぶりは申し分なく、職員からの評判は上々。子どもたちも懐いている。経歴を見ても、数々の孤児院を渡り歩き実績を重ねているらしい。

コティ自身の暮らしにも何一つ変化はない――のだが。

――新しい院長様は私にも気を配ってくださる素晴らしい方なのに、理由もなく何となく嫌だなんて……私ったら最低だわ……

コティは、彼が苦手だった。

何かされたり、不快なことを言われたりしたわけでもないのに、眼が合うと表現できない震えが背筋を走るのだ。

最初は、それが何だか全く分からなかった。騒めく心のありどころに戸惑ったほど。だがふとしたことで肩を叩かれた瞬間、悟ってしまった。

これは『嫌悪感』だと。

――きっと恩知らずとは、私みたいな人間のことだよね……

高い志を持って、親のいない子どものために人生を捧げようと邁進している人を生理的に受け付けないだなんて、自分の方がおかしいに決まっている。

それは重々分かっていた。けれど人の感情はままならないものである。

理性では『いけない』と己を戒めても、本能的な忌避感はどうしようもない。

結果、コティは理屈で処理しきれないモヤモヤとした蟠りと罪悪感を、このところ持て余し気味だ。

――院長様と顔を合わせるのが気まずい。

それもあって、すぐに孤児院へ帰る気になれなかったのは否定できなかった。

――少しだけ……気分が晴れたら、私もこんな愚かな考えを持たなくなると思うし。そうよ、きっと知らないうちに心労が溜まっていたせいかもしれないじゃない。だったら発散させれば、スッキリするはずだわ。

まだよく知らない男性が突然やってきたせいで、やや神経質になっているのも否めない。

これまで異性絡みで受けた被害の数々を思い出し、コティは陰鬱な溜め息を吐いた。

端的に言うと、コティはすこぶる男運が悪かった。

自分にそんな気は欠片もないのに、昼夜問わず追いかけ回されたり、私生活を監視されたり、はたまた勝手に『結婚する』と吹聴されたり――とにかく色々あったのだ。

時には部屋に侵入され、押し倒されたこともある。

あの時は幸いにも他の職員が助けてくれ事なきを得たけれど、心の傷になるには充分な出来事だった。

他にも下着を盗まれ、友人に嫌がらせをされるなどして、一時は完全に男性不信になったものだ。外出嫌いになったのもそんな事情が根底にある。

友人曰く、コティの小柄な体型とパッチリとしたアーモンド形の瞳、それから不釣り合いに大きい胸が、危ない人には堪らないご馳走に見えるらしい。

どういうことだ。コティには全く落ち度がないではないか。

しかも自分としては、他人に誤解されるような思わせぶりな態度をとった覚えもない。

ごく普通に接しているだけ。

それなのに不思議なことに勘違いして暴走する男性が後を絶たないのである。

それも質(たち)の悪い、面倒で厄介(やっかい)な男性ばかりを惹(ひ)きつけてやまない。どれだけ自衛しても、定期的におかしな人が湧くのである。泣きたい。

最近など、ろくに口をきいたこともないのに、顔を合わせるたび睨んでくる者までいる。それも『ぶっ殺すぞ』という声が聞こえてきそうな殺意満々の眼差しでだ。

――私……知らないうちにあの方に何かしでかしてしまったのかなぁ……全く記憶にないけど。だって、個人的な話をしたことは一度もないもの。

ヴォルフガング・ガーランド。約二年前、最年少で第二騎士団の団長に上り詰めた、紛れもない天才だ。

平民からそこまでの出世を遂(と)げた者は、過去に一人もいない。いくら実力主義の騎士団であっても、要職は貴族階級で占められている。それがこの国の『常識』でもあった。法律で決まっているわけではないが、いくら功を上げたところで生まれが恵まれていなければ、ある程度以上の地位へは進めない。

しかしそんな暗黙の了解を打ち破ったのがヴォルフガングだった。

今でこそ平和が保たれているこの国だが、三年前までは常に戦乱に晒(さら)されていた。周辺国との小競り合いは勿論、大国から侵略の脅威もあったのだ。幸いにも王都まで攻め込まれることにはならなかったが、最前線となった地域では膨大な数の死傷者が出た。

だから未だにこの国は孤児が溢れている。

現状を打破したのは、三年前の停戦協定。そこに至る一番の功労者がヴォルフガングであるのは、国民の誰もが認めるところだろう。

圧倒的不利な状況下で、敵国の将を討ち取り、戦況そのものをひっくり返したのだから。

それまでは敗戦が色濃かったのに、ヴォルフガングの歴史的勝利により、疲弊していた兵らの士気は一気に上がった。

勿論国民も大いに沸き、人々が希望を見たのは間違いない。もはや大国の従属国にされるのは時間の問題と諦めていたところへ、灯った最後の光でもあった。

その後もヴォルフガングの快進撃は続き、数も規模も格上の敵軍を怒濤の勢いで撃破し、制圧されていた地域を次々に取り戻して、自国に有利な協定を結べる道を切り開いたのだ。だからこそ、国民から彼への支持は絶大だ。世論に押される形で、前例のない『平民出身の最年少上級騎士』が誕生するのは当然の結果だった。

その上、戦争が終わり凱旋した彼は、なかなかの美丈夫であることが知れ渡り、特に女性人気がうなぎ上りである。

端正な顔立ちに、逞しい身体つき。

底知れぬ窮地から戦況を挽回させる頭の良さと、大胆な行動力。

剣の才能は言わずもがな。

莫大な報奨金と誰もが羨む地位を国から与えられ、これでモテないわけがない。

第二騎士団団長に任ぜられて以降、ヴォルフガングに嫁ぎたいと公言する女性は後を絶たず、今や王都では独身女性にとって一番の『理想の結婚相手』だった。

そんな、女なら誰でも憧れてやまない男性ではあるのだが――

――私は無理。

理由は不明であるけれど、コティは彼から嫌われていた。

何せ、殺意漲る顔しか見たことがない。

ヴォルフガングはもともとさほど愛想がいいとは言えない人で、滅多に笑わないとは聞いているが、ことコティの前に立つとそれが顕著になる。

普段の五割増しで無口になるのか、閉ざした口は固く引き結ばれ、二度と開かないのかと心配になるほどだ。視線すら滅多に合わそうとしないくせに、こちらが他を向いている時だけ思い切り睨みつけてくるなんて、よほど嫌がられているとしか思えないではないか。

こちらとしても、駄々洩れの殺気を込めて凝視してくる異性を好きになれるわけもなかった。言葉を選ばず端的に言えば、むしろ苦手である。

――ヴォルフガング様にそこまで嫌悪されることをした覚えはないけれど……私だって男性全般に警戒心を抱いてしまうから、それと似たようなものなのかな……？　まぁ、あの方の場合、そんな対応をされているのが私だけなのが、納得いかないところよね……だって別の女性が声をかけた時には、案外普通に話しているじゃない。私が傍にいると明らかに苛立って挙動不審になるくせに。

　とは言え、コティ自身も新しい院長に苦手意識があるので、大っぴらに不満は漏らせなかった。人のことは言えない。自分だって理不尽な感情を持て余しているのだ。

――好き嫌いに理屈は通じないこともあるものね……考えてもしょうがないわ。これからもヴォルフガング様とは極力関わらないよう気をつけよう。

　とにかくそんなことがあるものだから、親しくない男性にはどうしても警戒心を抱いてしまう。

　今回も院長が替わったばかりで、気が張っているのは自覚している。これではいけないと思いつつも、時間が解決してくれると信じるより他になかった。

――世の中の男性、全てが悪い人じゃないものね……友人や仕事仲間にいい人は沢山いる。そのおかげで、完全な男性不信にならずに済んだのだし……

　励まし支えてくれる人たちがいなかったら、今頃コティは男性恐怖症となり修道院に逃げこんでいたかもしれない。

　故にやはり、自分は恵まれていると思った。

――一応まだ、素敵な恋を諦めてはいないもの。

同じ孤児院で育った仲間の中には、既に結婚している者もいる。彼らは一様に幸せそうだ。そんな姿を見ていると、コティとていつかは自分も、と思わなくもなかった。

蕾にもなりきれない奥手なコティだが、これでも花の十九歳。憧れだけはあるのである。

などと考えながら様々な商品を飾る店頭を冷かし、コティはそぞろ歩いた。やはり見ているだけでも面白い。なかなか良い気分転換になったと思ったその時。

「この詐欺師が、金返せ！」

突然前方から怒声が聞こえ、思わず足が止まった。見れば、椅子に腰かけ口元を薄布で覆った女性に男性が絡んでいる。彼女の前に置かれた机には、水晶玉が鎮座していた。

――あれは……占いの人？

市場には物の売り買い以外にも様々な店が出る。特に今日は隣国の行商人と共に、異国情緒溢れる音楽を奏でる者や、踊りを披露する団体もいた。

そんな中、この国では見かけない服装と手法で占いをする人々もいる。

じゃらじゃらと装飾品を身につけた女性は、露出度の高い格好から考えても、この国の人間ではないように見えた。

「おい、どうせ適当なことを言って俺を騙すつもりだろう。さっさと金を返しな！」

大声で恫喝しつつ女性に顔を寄せる男は、強かに酔っているらしい。呂律は回っていないし、立ちあがった足下も覚束なかった。

「――私は見えた真実を述べたまでです。その女性は貴方に微塵も興味がありません。これから先も、追いかけるだけ無駄でしょう。むしろ嫌われるだけなので、諦めた方がいいですよ。これ以上迫れば、痛い目を見るのは、貴方自身です」

「て……てめぇっ、まだ言うか。俺があの女にいくら使ったと思ってやがるっ」

「お金で愛情を買えるとお考えでしたら、そもそも間違いです。改めなければ、その女性に限らず、一生縁がないでしょう」

細かい経緯は不明だが、どうやら恋愛相談をした男性客が辛辣な占い結果に怒り狂っているらしい。

抑揚のない声で話す占い師の年齢は不詳だ。しかし落ち着き払った態度は、見かけほど若くないのかもしれないとコティに思わせた。と言うか、肝が据わりすぎている。

今にも殴りかかりそうな男に一歩も引かず、占い師は淡々と告げた。

「嘘偽りなく真実を言えとおっしゃったのは、貴方です。結果が気に入らないからと騒ぎ立てるのは、人としてどうかと思います」

「な……このクソ女……っ」

「早くお代を置いて、お帰りくださいませ。邪魔です。居座ったところで、貴方が手酷く振られる未来は変わりませんよ」

――う、占い師さん、流石にそこまで言っちゃ……！

うんざりとした表情で告げる彼女に怯（おび）えた様子は欠片もない。だがこのままでは暴力をふるわれてもおかしくなかった。

周囲も騒めきながら、遠巻きに男女を眺めている。皆、争いに巻き込まれたくはないのだろう。コティだって、叶うなら傍観者のままでいたい。

けれど困っている人を見て見ぬふりができないのも、コティだった。

「き……騎士様、こっちです！　早く来てください！」

いつも以上に人出が多い市場では、揉め事も多い。そのため警備のために騎士たちが巡回している。とは言え今はその姿が見えないが、コティはさも彼らを呼ぶように手を振って声を張り上げた。

「け、喧嘩（けんか）です。止めてください！」

「……っち、運がいい女だな。今日のところは勘弁してやる。今度見かけたら、ただじゃおかないからな！」

いきり立っていた男も、流石に騎士らに捕まっては堪らないと考えたのか、急にあたふたとしだした。それでも捨て台詞は忘れず、足早に逃げてゆく。

その後ろ姿を見送ったコティがホッとしていると、揉めていた占い師の女性が音もなくすぐ傍までやって来ていた。

「お嬢さんが助けてくれたのね、ありがとう」

「あ、いえ……たいしたことはしていません。でもその、あまり危険なことはしない方がいいですよ……」

　間近で見ても、彼女の年齢はよく分からなかった。二十代にも四十代にも見える。眼元以外が隠されているせいだけでなく、出るべきところは出た見事な体型も妖艶でありながら瑞々しく、彼女の年を曖昧にしていた。

「危険？　私は本当のことを言ったまでなのに？」

「だからこそ怒る人もいます……真実故に、刃になることもありますから」

　初対面の相手に説教めいたことは言いたくないが、彼女のためにも口は禍の元だと自覚してほしかった。今回はたまたま事なきを得たけれど、次も同じとは限らないのだ。

　極力危ないことは避けた方がいい。これは、男性に一方的な好意を寄せられ散々な目に遭ってきたコティの、心からの忠告である。

「……そうね、確かにお嬢さんの言う通りだわ」

　コティの真摯な態度に納得したのか、占い師は急に頷いてくれた。それからじっとこちらを見つめてくると、濃い化粧が施された眼元を緩める。

「……お礼に何かしたいわ。占いましょうか？」

「え……」

　たった今、彼女が客の男と揉めていたのを目撃した手前、あまりよくない占い結果が出た場合、自分も辛辣なことを言われるのではと不安が過った。

　こう言っては申し訳ないけれど、彼女は商売が少々下手な気がする。人気の占い師は悪いことは口にせず、客の願望を満たすことを言ってくれるものだ。

　そういう意味で、いくら優秀であっても客を怒らせては一流とは言えないだろう。

「ええっと……本当に大丈夫ですから、気にしないでください」

「恩人に何も返さないのは私の主義に反するわ。仕事運、対人関係、未来——何でもいいのよ？　これでも的中率は保証するわ」

　グイグイと迫ってくる占い師の圧がすごい。このままでは解放されない予感がヒシヒシとする。

　一歩後退るたびに距離を詰められ、コティはいつしか建物の壁際に追いやられてしまった。その上顔の左右に手をつかれ、完全に逃げ道を塞がれる。もはやお礼をされていると言うよりも、脅迫である。

「いえ、その……時間がなくて！」

「あら、そうなの？　残念ね……それじゃ何か願い事はない？　おまじないをしてあげる」

　それなら実害はあるまい。コティは戸惑いつつも小さく頷いた。そうせざるを得なかった。

「で、でしたら……恋愛成就の……」

「まぁ意中の相手がいるの？」

「いいえ、いません。だからこそ運命の人に出会って熱烈な恋に落ちる夢があるんです」

男性に幻滅することも過去にはあったけれど、そのたびに『この世界はおかしな人ばかりではない』と周囲が気づかせてくれた。

おかげでコティは未だ仄かな希望を抱いている。いつか素敵な人と巡り合って、本物の恋愛関係を築けるのではないかと。

とにかく何か『願い事』を言わないと許してもらえない雰囲気に、コティはついポロッと秘かな願いを漏らした。

「あ……こんなぼんやりとした願い事は駄目ですかね？」

「問題ないわ。任せておいて。それにお嬢さんは私と『同じ』なのね……それはさぞ色々苦労してきたことでしょう。だったら同属のよしみで貴女を必ず運命の相手と強烈な愛に溺れさせてあげる」

「ん？」

気のせいだろうか。コティの言った内容と若干意味が異なる気がする。それに同属とは何のことだろう。

だが疑問を口にする前に、彼女が突然コティの額に口づけてきた。

「……っ？」

柔らかな唇が触れた瞬間、かぁっと額が熱を持つ。しかしそれは一瞬のこと。燃え盛る熱は、瞬く間に霧散した。残されたのは奇妙な疼きだけ。されどそれも数秒後には薄れていった。

「え……今のは……？」

「無事、貴女の夢が叶いますように」

それだけ言うと、彼女はコティから離れ、再び元の椅子に腰かけた。

女性にキスされたのは初めてで、ドギマギする。まして相手はなかなかの美人さんで、とんでもなくいい香りが鼻腔を掠め、平静ではいられない。

自分にそういった趣味はないものの、心臓が口から飛び出しそうである。

にも拘らず、動揺が治まらないコティを尻目に、占い師は優雅に水晶玉を磨いているではないか。するとすぐに次の客がやってきて、彼女は仕事に戻ってしまった。

「さよなら、お嬢さん。縁があればまた会うこともあるでしょう」

「あ……」

取り残された形になったコティは、よろめく脚でその場を離れた。いつまでもボーッと突っ立っていてもしょうがない。

砂糖が入った袋が手元でガサリと音を立て、多少正気を取り戻した。

——そ、そうだ。帰ったら子どもたちの昼ご飯を作って、洗濯物の取り込みと、後は繕い物もしなくちゃならないのに……！

　いつまでも遊んでいる暇などない。己の使命を思い出したコティは火照る頬から意識を引き剝がし、大慌てで帰路についた。さながら脱兎の如き足どりであったことは、本人が知る由もない。

　半ば這う這うの体で職場であり住まいでもある孤児院に辿り着き、ようやく息が吐けたのは数十分後。

　コティは台所の戸棚の奥に大事な砂糖をしまい、手伝いに来てくれている者と早速昼食の準備に取り掛かったのだが。

「——あ、大変。雨が降ってきたわ！」

　通いの職員が外を見て声を上げた。

「え、本当？　さっきまでいい天気だったのに」

「私、洗濯物を取り込んできますね！」

　いつもならば子どもたちにも手伝ってもらうところだが、彼らを呼び出していてはせっかく乾き始めていた洗濯物がまた濡れてしまう。

　コティは同僚らに声をかけると、物干し台のある中庭に向かって駆け出した。

「通り雨かな……もうっ、ちょっと前まであんなに晴れていたのに……！」

ブツブツ文句を言いつつも、手早くシーツや服を回収してゆく。ひとまず籠へ乱雑に突っ込んで、どうにかびしょ濡れになってしまうのは防げた。

その間にも雨脚は強くなる。

雨雲が空を覆い、昼前なのに驚くほど暗くなった。湿った空気が纏わりついて気持ち悪い。

思いの外大粒の雨が地表を叩き、あっという間に天気は土砂降りの様相を呈した。

「わぁ……あと少し帰ってくるのが遅かったら、大変だったな……」

砂糖が濡れてしまっては大惨事だ。それに洗濯物の取り込みも間に合わなかった可能性がある。ここで暮らす子どもたちは着替えなどに余裕があるわけではないので、それは死活問題だった。

「――どこかに出かけていたのですか？」

庇の下から空を見上げていたコテイの背後から、静かな声がかけられた。それはとても穏やかで滑らかな声音。低音が心地よく耳を擽る。

だが無意識に背筋が強張るのを、コテイは抑えられなかった。

「い、院長様。その、ちょっとだけ買い物を……」

別にコテイに自由がないわけでも、院長にいちいち外出について報告する義務があるわけでもない。故に言い訳は必要ないのだが、何故かしどろもどろになってしまった。

「そうですか。何を買ってきたのですか？」

「砂糖です。今度の聖人の日に、子どもたちにケーキを焼いてあげたくて……」

「ああ、それは素晴らしい考えですね。コティは本当に彼らのために心を砕いてくれている……ありがとうございます」

にこやかな表情で佇む彼は、どこから見ても孤児院の院長を務めるのに相応しい善人だった。

だがコティは居心地の悪さを感じてしまい、それがまた己への不快感になる。

「いいえ……ここで働かせてもらっている身としては、当然のことです。院長様にお礼を言っていただくほどのことではありません……」

本来であれば喜んだり、照れたりする場面なのかもしれない。

けれど名状し難いざらつきを心に感じ、コティは曖昧に微笑んだ。

――私ったら……院長様はこんなにも良い方なのに。いつまで警戒しているの。

滲む申し訳なさが胸に痛い。だが消せない悪感情は静かに横たわるばかりだった。

「コティはいつまで経っても他人行儀ですね。前任者と同じように『院長先生』と私のことを呼んでくれないのですか？」

「え……っ」

言われてみれば確かに、コティは前の院長は親しみを込めて『院長先生』と呼んでいた。

しかしそれは自分にとって祖父にも等しい関係性を彼と長年積み重ねてきたからだ。

いくら同じ役職であっても、あのお爺ちゃん院長と現在の院長では、心の距離感はだいぶ違う。新しく赴任してきたこの男性を同じように呼ぶ発想は持ったことがなかった。

「あ……えっと、馴れ馴れしくしては失礼にあたるかと思いまして……」

「そんな心配は無用ですよ。むしろ私は早く皆さんと親しくなりたいと願っています」

嘘も誇張も感じられない口調に、コティはハッとした。自らの気持ちばかりに眼を向けて、彼がどう思うかなどほとんど考えたことがなかったのだ。

これでは誰だって気分が悪いに決まっている。ひょっとしたら、コティが張り巡らせた心の壁を新しい院長は感じ取り、そのせいで結果的に二人の間がギクシャクしていたのかもしれない。

言わば悪循環によって、コティの警戒心が増幅されていたとしたら。

――本当に申し訳ないな……いい加減、嫌な思い出に引き摺られるのは、改めなくちゃ……

過去に囚われすぎるのも良くない。ここは無理にでも気持ちを切り替えるべきだろう。

コティは一度大きく息を吸い、拳を握り締めた。

「あの、すみません。私人見知りなところがあって、他者と打ち解けるのに時間がかかってしまうのです。院長様にはご迷惑をおかけしてしまいますが、今しばらく時間をいただけませんか？」

　慣れれば前院長と同じくらい新たな院長とも親密に接することができるはず。そう考え強引に口角を引き上げた。

「そんなに頑張らなくても大丈夫ですよ。気負ってばかりでは疲れてしまいますからね。肩の力を抜いてください」

　院長の手がコティの両肩にのせられ、微かに息を呑んだ。

　いくら気持ちを新たにしたつもりでも、突然の接触に身体は緊張した。大きく跳ねた心臓がドクドクと疾走する。

　だが、触れられたのは一瞬であり、院長はすぐさまおどけた仕草で両手を広げた。

「ああ、貴女が前向きになってくれたことが嬉しくて、つい触れてしまいました。若いお嬢さんに許可なく触るなんて、失礼でしたね。これからは気を付けますので、許していただけますか？」

「え、ゃ、き、気にしていません……」

　本音は呑み込んで、コティは慌てて首を横に振った。

　皮膚の内側にやすりをかけられたかの如くひりつく痛みがあったものの、表情に出すのは堪えられたと信じている。

　そんなことより、誠実に謝ってくれる人を前にして、怯えている自分の方が悪者としか思えなかった。

「怒っていないのなら、良かったです」

「怒るだなんて、とんでもない」

むしろ罪悪感でいっぱいだ。何となく院長と眼を合わせることが躊躇われ、コティは俯いたまま笑みを取り繕った。

「貴女が質のよろしくない男性から嫌がらせめいたことを受け、異性に対して警戒心を抱いていることは知っています。ですがずっとこのままというわけにはいかないでしょう？　コティもいずれは誰かと家庭を持って幸せになるでしょうし」

「いつか、そうなれたらいいなとは考えていますが……」

院長の言うことももっともなので、コティは小さく顎を引いた。この孤児院で働けるのも、若いうちだけだ。老いて動けなくなるまでに、生活の基盤を築かねばならなかった。

「私のことを、前の院長先生からお聞きになったのですか？」

「はい。とても心配しておられましたよ。コティが良縁に恵まれるよう、私にも協力してやってほしいとおっしゃっていました」

「院長先生が……」

皺だらけの細い手が頭を撫でてくれた感触を思い出し、涙腺が緩んだ。まだあの方が退職して数カ月しか経っていないのに、もう懐かしい。

会いたいなと思うと同時に、だから新しい院長は積極的に自分と関わろうとしてくれるのだと納得した。

「コティは出入り業者のジョイや臨時職員のルオとは仲良く話をして、触れ合うのも平気そうですね？」

「あの二人は、幼い頃から顔見知りですから……気心が知れた友人です」

「なるほど。やはりある程度の慣れが必要ということですね。では、私にも慣れていただけると嬉しいです。ひいてはそれがコティにとっても良い結果を生むでしょう」

言うなり、コティは籠を持った手を院長に握られ、瞠目した。

ややかさついた掌が、コティの皮膚を撫でる。どうすればいいのか分からず狼狽している間に、彼の手は離れていった。

「こんな風に接触を増やしていきましょう。今後のためにも頑張りましょうね。無理はさせませんから、安心してください」

「は、い……」

勢いに呑まれ、操られたように頷く。けれど院長に触れられた手の甲には、何とも言えぬむず痒さがあった。

彼は落ち着き穏やかな双眸でコティを見つめてくれている。自分には父親の記憶がないけれど、もしも存命であったならこんな感覚を覚えるのだろうか。

処理しきれない感情を持て余し、コテイは瞳を揺らすことしかできなかった。

「では、私はこれで失礼しますね」

「はい……あの、私のために色々考えてくださり、ありがとうございます……」

「いいえ。ここに住む子どもも貴女たち職員も全員、私にとっては家族同然ですからね。困ったことがあれば、どうぞ何でも相談してください」

――非の打ち所がない、素晴らしい人だわ……だからこそ、院長先生もご自分の後釜としてこの方を推したのだもの……

一日でも早く、心から彼を受け入れたいと願う。その気持ちに嘘はない。しかし簡単に切り替えられるくらいなら、コテイがこうして悩むこともなかった。

己の無駄な頑固さに呆れて籠を抱え直す。

立ち去る院長の背中が見えなくなるまで、コテイはその場を動けなかった。

少し湿ってしまった洗濯物が、籠の中で重量を増した気がする。勿論そんなわけはなく、先ほどと同じ重みのはずだ。

けれど腕に痺れを覚え、コテイは一つ溜め息を漏らした。


不思議な占い師との出会いをコテイが忘れかけた頃。

聖人の日は街中が祝祭に包まれる。通りには花が飾られ、食堂では特別メニューが供されて、少しばかりの贅沢や羽目を外すことも許される。

コティが身を置く孤児院でも、慎ましやかなお祝いが開かれた。

何よりも子どもたちを喜ばせたのは、コティが焼いたケーキだ。幼い子らは全員瞳を輝かせ、我先にと頬張って歓声を上げた。中には、こんな美味しいものを食べたのは初めてだと泣く子までおり、こちらの目頭も熱くなった。

——皆、大喜びしてくれて、可愛かったなぁ。私も頑張った甲斐があった。

満足感を噛み締めながら、コティは夕暮れに染まる道を足早に急いだ。

今日は孤児院で預かっているわけではないけれど、病気の母親と二人きりで暮らしていて、催しの際にはよく顔を見せる子の家に行ったのだ。

目的は、コティ自作のケーキのお裾分けである。本当は今日その子も院に来るはずだったのだが、母親の体調が思わしくなく行かれないと連絡があった。そこで様子見を兼ね、コティが足を運んだ次第だ。

——お母様は思ったよりも元気そうで安心した。ケーキも喜んでくれたし……行ってみて正解だったわ。

お節介かなと思わなくもなかったものの、母子共に歓迎してくれたので良かった。

だが時間を忘れ色々話し込んでしまったこともあり、間もなく完全に日が沈みそうだ。

暗くなってからの女の一人歩きは危ない。王都の治安は良い方でも、正直なところ孤児院が建っている周辺は手放しで安全だとは言い難かった。貧しい人が多く住む区域なので、夜と共に不穏な空気も漂い出す。夜陰に紛れ、強盗や痴漢などの犯罪も横行していた。

だからこそコティの足取りはどんどん急いだものになってゆく。

――せめて真っ暗になる前に、帰り着きたい。

気が急いて注意力が散漫になっていたのは否めない。その上煌めく笑顔を見せてくれた子らの記憶に酔いしれてもいた。

だから――コティは背後から近づく足音を完全に聞き逃した。他者の気配に気づいた時には、もう手遅れ。

「きゃ……っ」

いきなり後ろから抱きつかれた上に口を塞がれ、悲鳴は声になりきらず掠れた音になった。

身体を半ば抱き上げられ、狭い路地に引き摺り込まれる。夕日の光も建物に遮られ届かない。言わば、王都の死角。異臭のする地面にはゴミが散乱していた。

「おい、大人しくしろよ」

酒臭い息が降りかかり、怖気（おぞけ）が走った。

気色が悪い。恐ろしい。どこか聞き覚えのあるざらついた声。恫喝（どうかつ）の色を孕（はら）んだ高圧的な物言い。警戒音がコティの頭の中で激しく鳴った。

――この声は……

咄嗟にもがいたコティは、男と思しき腕の檻から懸命に逃げた。だが今度は突き飛ばされて、たちまち更に奥まった場所へ追い込まれる。

背中をどこかの壁に強かに打ちつけ、軽い眩暈に襲われた。

それでも倒れまいと必死に足を踏ん張って、視線を向けた先には。

「よぉ。久しぶりだなぁ、会いたかったぜ。この前はよくも俺の邪魔をしてくれたな？」

「貴方は……」

賑わう市場の片隅で、占い師の女性に絡んでいた男だった。

あの時と同じように酔っているのか、顔は赤く倦み瞳は濁っている。そして身なりは、以前よりも薄汚れていた。

「俺に恥をかかせやがって……お前らのせいであれから何もかもが上手くいかねぇ。女は別の金持ちを捕まえたらしく、今度近づいたらただじゃおかないと俺を脅迫してきた。ただの酌婦のくせに生意気な……占い師はあの日以来見つからねぇし、いい加減頭に来ていたんだ」

男が不規則に身体を揺らし、たたらを踏む。ひょっとしたら、まともに立っていられないのかもしれない。

危うい足下は、苛立ちを表すかの如く、忙しなく地団太を踏んだ。

「わ、私には関係ないと思いますが」

「てめぇが大声出したせいで、占い師の女を逃がしちまったんだろうが！」

正確には、逃げたのは騎士らを恐れた男の方だ。それに、この男の人生が思い通りにならないのは、明らかに自業自得だと思われた。

――あの占い師さんが言っていた通り……

彼女は『これ以上迫れば、痛い目を見るのは、貴方自身です』と告げていたではないか。まさにその通りになったらしい。

「だとしても、暴力はいけません……っ」

震える声で正論を吐いても、すっかり頭に血が上った男に届くわけもなかった。

「うるせぇっ！　全部お前のせいなんだよ、責任取りやがれっ！」

「や……っ」

掴みかかってくる男の手を躱せたのは、彼が酩酊していたおかげに他ならない。それから、いい意味で身長差が役に立った。

大柄な男に対し小柄なコティは、両腕を突き出してきた彼の脇をすり抜ける形で、辛うじて逃げ出せたのだ。

「待ちやがれ、このクソ女！」

そう叫ばれて、素直に待つ馬鹿はいない。

後ろを振り返る暇もなく、コティは全力で走った。大人になって、ここまで死に物狂いで疾走したことはない。たいした時間もかからず、心臓は痛いくらいに乱打し始め、呼吸が苦しくなり、両脚が重怠くなってくる。

それでも立ち止まるのは言語道断だ。

せめて人通りのある場所まで行かなくては。もしくは身を隠せるところへ。

だがとんでもない勢いで、背後の足音は迫ってくる。男の罵詈雑言もどんどん大きくなっていった。

――駄目、このままじゃ追いつかれる……！

冷たい汗が背筋を伝い、恐怖で心が食い荒らされる。滲んだ涙を拭う余裕さえない。

もはや自分がどこへ向かって走っているのかも見失い、コティが無我夢中で曲がった先は無情にも行き止まりだった。

「そんな……」

男の声と靴音はその間にも近づいてくる。あと数秒も待たず、捕まるのは確実だ。

コティの膝から力が抜け、涙が溢れそうになった時――

「……ぇ？」

額がかぁっと熱を放った。それはさながら、占い師の女性に口づけられた瞬間と同じ。

いや、あの時よりもより強く火傷しそうな痛みを伴っていた。

「熱い……っ」

思わず自身の手を額に当ててその場にしゃがみ込む。

けれどその手が、みるみるうちに小さくなってゆく。それどころかふさふさの毛が手の甲や指先まで生え揃い、コティの目線が低くなっていった。

――何、これ……っ
額は相変わらずじりじりと焦(こ)げつく痛みを放っている。

だがそんなことも気にならなくなる異常事態に、コティは見舞われていた。

周囲の壁が高く伸びる。空に浮かぶ月と星が遠くなってゆく。いや、自分の身体が縮んでいるのだ。

――え、え、えええっ？

いくらしゃがみ込んだとしても、立ち塞がる壁をあり得ない角度で見上げていた。まるで天を衝(つ)く勢いで聳(そび)え立っているのは、どれも平屋の建物のはずなのに。こんなにも絶望的に高い壁だっただろうか。

信じられない思いでよろめいたコティは、足裏から伝わるいつもとはまるで違う感触に愕然とした。

硬い靴底とも、裸足の心許なさとも重ならない。

言うなれば、『ふみっ』とした柔らかな接触。しかも足音は全くしなかった。

呆然として下へ眼をやれば、そこには先ほどまで自分が着ていた服がそのまま落ちているではないか。靴も下着も全部だ。

脱皮したかのように綺麗にストンと残されており、その真上にコティは佇んでいる状態だった。

――え？　何で？　私いつ服を脱いだの？　いやそれより、何か……靴が大きくない？

下着もだ。いくら何でもこんなに大きなものを身につけていた覚えはなかった。

しかも全ての服が下に落ちているのなら、現在コティは裸のはずである。にも拘らず微塵も寒くないとはどういうことか。むしろ毛皮を纏っているかのようにぬくぬくと温かいのだ。

――毛皮なんて着たことはないけど、たぶんこんな感じ。ふわふわモフモフして気持ちがいい……って、はい？

改めて見つめた右手はフッサフサだ。それも丸みを帯びた形はパンのよう。指の先端までが柔らかな薄茶の毛に覆われている。毛皮のコートを着ているどころの話ではない。

――これは……いったい？

毛色には見覚えがあった。自分の髪色と全く同じ色味だからだ。しかしモギモギと手を動かしてみても、その形状には覚えがない。いや、正確にはよく知る形だ。しょっちゅう街中でも見かけるし、何なら孤児院に『彼ら』が迷い込んでくることも少なくない。

とは言え、己の意思と連動しそれが動くことには、多大なる違和感以外、いったい何を抱けばいいのだろう。

――肉球？

愛らしいピンクのぷにぷにとしたものが掌についている。人体にこんな物体は存在しないはずだ。少なくともコティは知らない。ただし、犬猫の足にはもれなくついていた。

――夢？　そういえば、猫の肉球って、お日様の匂いがするんだよね……

試しに軽く嗅いでみれば仄かに香ばしい日向の香りが漂った。

――よくできた夢ね？　匂いもあるんだ……

パチパチと瞬きを繰り返せば、頭上で何かが動く。それが耳だと何となく分かるものの、コティの常識では耳の位置がおかしい。

人間の耳は、通常顔の横にある。もっと言えば、視界にチラチラと入り込む細長く横に伸びた髭（ひげ）は何だ。口元を動かそうとするたびに上下するのが擽ったかった。どうやら鼻の下辺りから生えているものらしい。

言うまでもないが、これもまた、人には無用なものである。

――変だ。だけど現実を直視したくない……！　一歩間違ったら、私の頭が壊れてしまうもの……！

　心臓が、走ったせい以外の理由でバックンバックン暴れ始めた。ブワッと全身の毛が逆立つ感覚がある。それは比喩でも何でもなく、文字通り身体が一回り大きく膨らむものだった。

――こ、こ、これは……っ
「そこにいるんだろう、もう逃がさねぇぞ！」

　コティが追い詰められた先がどん詰まりだと知っていたのか、余裕を滲ませた男が角から顔を覗かせた。

　ビクッとコティが身を竦ませたのは言うまでもない。

　下卑た嗤いを張り付けた男はしかし、次の瞬間文字通り眼を丸くした。

「……あ？　ここに逃げこんだはずなのに、どこへ行きやがった？」

　自分は、ここにいる。男とバッチリ眼も合った。けれど彼はそのままコティから視線を逸らし、キョロキョロと周囲を見回すだけだ。それもこちらの視点よりもずっと高い位置を。

――何で？　まるで私が見えていないみたい……ううん、と言うより『私』を認識できないみたい……？

この袋小路にコティはいないと判断したのか、男は舌打ちをして一本向こうの路地へ向かった。そのまま足音は遠ざかってゆく。やがて訪れた静寂の中、コティは自らの服の上で全身を虚脱させた。

――私、助かった……？

おそらく、当座の危機からは脱せた。

あの酔っ払いに捕まらずに済み、暴力をふるわれることは免れたはず。だがしかし、だ。

――ちっとも助かった気がしないのはどうしてっ？

本来なら、災禍をやり過ごせて喜ぶ場面だ。今のうちにとっとと孤児院へ逃げ帰ればいい。けれどそんな気にはとてもなれなかった。

自分の身に降りかかった出来事が尋常ではなく常識を逸脱している。薄々答えが分かっていても、到底認められるものではない。受け入れたが最後、世界崩壊も同然だ。

脱げた服、異常に大きく見える全て。毛深い身体とこれまでとは違う感覚。そしてコティを目撃しても、気に留めなかった男――

これらが意味する事実とは。

――いやいや、待って、あり得ない。流石にそんな夢物語、起こり得るわけがないでしょう……！　子どもじゃあるまいし、妄想癖が激しすぎる。私ったら、冷静にならないと！

落ち着こうと試みるのとは裏腹に、手先はガクガクと震えた。いや、そもそもこれは手と呼べるのだろうか。甚だ疑問である。

どう見ても獣の前脚で顔を覆い、コティはその場に突っ伏した。

――夢なら可及的速やかに覚めて……！

だがその感触すら、マフッとしている。肉球の絶妙な柔らかさと温度が気持ちいい。そんな場合ではないのに深く息を吸い味わってしまった。

――これ、髭よね？　こそばゆい……だけど人間の私にビヨンビヨンとした長い髭など、あってはならないのよ……！

全ては悪夢だ。そうに決まっている。

コティは一刻も早く目覚めるため、自らの頬を抓ろうとした。

しかしそうするための指が見当たらない。代わりに鋭い爪がニョキッと丸い足先から出てきた。

――違う違う！　これは幻覚！

出し入れ可能な爪なんて求めていない。そんなもの特異体質の人であっても、持っていない特技だろう。当然、コティにも無用のものだった。

――こういう時こそ落ち着かないと……そうだ、深呼吸よ。

「……ン、にゃぁ……ん」

深く息を吐いた喉奥から、おかしな声が漏れ出た。聞き間違いでなければ、猫の鳴き声によく似ている。

コティは呼吸も忘れ、自分の周りも見回した。誰もいない。完全なる無人だ。

人影どころか、鼠（ねずみ）一匹見当たらなかった。

――え？　どこかに猫がいるんでしょ？　そうだよね？

そう、呟（つぶや）いたつもりの言葉は、「にゃうぅ？」と変換されコティの耳に届く。この時点でやっと、コティは先ほどの鳴き声を発したのが己自身だと認めざるを得なかった。

――何ですとっ？

「んにゃっ」

意図した言葉とはまるで違う獣の唸りが再び聞こえてくる。それも明らかに、自分の喉奥から。

もはや受け入れるしかない。

しゃべろうとするたびにこぼれ落ちるのは、人間の言葉ではなく猫の鳴き声だと。そして紛れもなくコティ自身の発しているものだと。

――――嘘……

「ひゃぅ……」

やや情けない声が、夕暮れから夜の闇へ塗り潰された路地裏に溶ける。だが絶望感でいっぱいのコティの心情とは無関係に、己の尾てい骨辺りに不可思議な風を感じた。

タシンタシンと平和な音と共に地面へ叩きつけられる尻尾。振り返った先に見た光景に唖然としたのは言うまでもない。

——手の込んだ悪夢だわ……

とは言え、ずっとここに留まっている気にもなれなかった。いつあの男が戻ってくるか知れないし、その際危害を加えられないとも限らない。さっさと逃げるが勝ちだ。

——孤児院に帰って、私の部屋まで行かれれば……駄目だわ、ドアを開けられる自信がない。それに院長様は大の猫嫌いじゃない……！　万が一見つかれば、追い出されるに決まっている……！

今の院長は子どもや犬には優しい人だが、こと猫に関してだけは別らしい。見るのも嫌だと、珍しく顔をしかめていたのが思い出された。

——それに服や靴をこのまま放置していかれない。だって、私にとっては大事なものだもの。着替えは最低限しかないし、靴に至ってはこれ一足よ？　もし誰かに持ち去られたら、大変じゃない……！

さりとて、この姿で服と靴を持っての移動は論外だ。咥えていくにしても、重いし大きすぎる。とても現実的ではなかった。

万事休す。

そんな言葉が頭に響く。

八方塞がりの気分でコティが天を仰げば、ポツリと雨粒が落ちてきた。どうやら神様はとことん自分を見放したらしい。

「うにゃぁ……ぁあん……」

濡れるのは嫌だと思ったが、小さな猫の身体では服と靴を引き摺って隅に寄せるのが精一杯だった。傍らの建物の屋根がほんの少し雨を防いでくれるけれど、これ以上本降りになれば、地面に水たまりができてしまいそうだ。

そうなればどれもこれもびしょ濡れになるのは免れまい。

自分自身の毛も、既にしっとりと湿り気を帯びている。

人間の身体以上に濡れることを不快に感じるのは、猫の本能なのかと思い、コティは乾いた笑いをこぼした。ただし「ふすす」と掠れた息が漏れただけだったけれども。

――これからどうしたらいいの……

身体の変化は一時的なものだろうか。それともやはり全部夢で、そのうち目覚めると期待して大丈夫なのか。

どちらにしても楽観視できず、小さくへたり込む。その姿勢は猫がよくやる座り方で、手足を身体の下に入れ込んだものだった。それがまた酷く落ち着くから厄介である。

――私ったら、あっさり順応しちゃ駄目じゃない……!

人間なら、人間らしく座らねば。そう思い壁に寄りかかって膝を抱えようと試みたが、残念ながら無理だった。

上手く姿勢を保てず、ころりと後ろに転がる。数度試して諦めたコティは、大人しくちんまりと猫そのものの座り方をした。

——だって仕方ないじゃない……！　これが楽なんだもの。そ、それに体力を温存しておかないと、いざという時に困るでしょう？

誰にするでもない言い訳を並べ立て、コティは深々と溜め息を吐いた。この身体でも嘆息は漏らせるようだ。

ちっとも嬉しくない発見に胸躍るわけもなく、気分はどんどん沈んでゆく。

そうこうしている間にも時間はすぎ、夜がすっかり更けてしまった。もう太陽の名残さえ感じられない。どんよりとした雨雲に月は隠れ、雨のせいで気温は下がる一方。

まさに自身の心模様同然の天候は、より陰鬱な気分をコティにもたらした。

「……クシュッ、ハクシュンッ」

いくら天然の毛皮を纏っていても寒気を感じ、コティは立て続けにくしゃみをこぼした。更にブルッと身を震わせる。

——へぇ……猫もクシャミをするんだ……知らなかったな……知らないままでも困らなかったけど……

本当にこれからどうしよう。夜が明けたら、元の姿に戻れていればいいが、もしもこのままだったら――

そこまで考えると、尚更震えが止まらなくなってくる。コティは泣きたい心地で、こんな事態に陥った原因を必死に考察した。

しかしさっぱり心当たりはない。当然だ。人間が猫になるなんて、そんなもの子供向けの物語の中でしかあり得ない。この世には魔法や呪いなんてないのである。けれど――

――『おまじない』なら、ある……？

猫になる前に感じた異様な額の熱さ。あれは、先日占い師の女性と出会った際に感じたものとよく似ていた。そこに何らかの繋がりを見出すのは、無理があるだろうか。

――ううん。むしろそれ以外考えられない気がする。だってここ最近で他に普段と違うことは、なかったもの……！

平穏で、ある意味毎日同じことの繰り返しだったコティの生活。そこへ最近突き刺さった棘と言えば、あの日の出来事くらいだ。

占いの大半は、インチキだと誰かが言っていた。中には統計学を駆使して助言してくれる者や、人知を超えた力を持つ『本物』がいるらしいが。

――もし……あの女性が後者だったとしたら……？

不思議な能力を操って、正確に他者の未来を読み解き、常識では説明できない力を行使できるならば。

運命の人に出会い熱烈な恋に落ちてみたいと言ったコティの願いを叶えるため、余計なことをしでかしてくれた可能性に思い至る。

良かれと思ってしたことが、他人にとっては大迷惑なんて、よくある話だ。

異国出身に見えたあの女性が、文化的な差異からコティの願望を曲解したとしてもおかしくはない。そもそもあの時、彼女は『運命の相手と強烈な愛に溺れさせてあげる』と宣(のたま)った。

――熱烈と強烈じゃ全然意味が違うし、恋に落ちると愛に溺れるも似て非なるものだよね……っ？

恐ろしい想像が頭の中を駆け巡る。

まさかと否定しつつも、確信は深まっていった。しかしそれと猫化がどう繋がるのかは不明なままだ。

――関係ない？　で、でも、何としてももう一度あの占い師さんに会わなくちゃいけない気がする……！

先ほどの男は、あの日以来彼女を見つけられなかったと吐き捨てていた。ひょっとしたら、もう自国に帰ってしまったとも考えられる。それなら絶望的だ。コティ一人で占い師を見つけ出せるはずもなかった。

――それじゃ、私は一生猫のまま……？

とんでもない結論に眩暈がする。

人として生きてきて十九年。この先、野良猫として生きる自信はない。

自分には小動物を狩って生で食べるなんて耐えられないし、野宿も厳しい。いくら親を亡くして貧しい暮らしに慣れていても、最低限人として生活してきたのだから。

――どうしよう。お願い、誰か助けて……！

膨らむ一方の最悪な妄想に押し潰され、コティは丸まった。猫の瞳からも涙が溢れると知ったところで、救いにはならない。より悲しみばかりが増してゆく。

少しでも冷気を防ごうとより身を縮め、尻尾を身体に巻きつけた瞬間。

「どうした。お前、捨てられたのか？　この辺りでは見かけない顔だな」

あまりにも突然抱き上げられ、コティの尻尾が一気に膨張した。

「んにゃっ？」

「濡れているな。このままじゃ風邪をひく」

大きな手で頭から背筋にかけて撫でられて、見開いた視界に映ったのは、とにかくデカい男だった。

短く切りそろえられた黒髪に、印象的な赤い瞳。切れ長の双眸は、酷薄にも感じられる。しっかりとした鼻筋から肉厚の唇、顎の線がいかにも男性的だ。

太い首と、それらに見合う見事な体軀。

分厚い胸板や太い腕は、騎士服を纏っていても到底隠せるものではなかった。身長は、男性の平均を遥かに上回っているだろう。

筋骨隆々、その言葉がこれほど似合う人物もなかなかいない。

雨に濡れ肌に張り付いた服が、より一層彼の芸術的な筋肉を強調する。前髪から滴り落ちる滴は、何故かひどく官能的に男を彩った。

――ヴォルフガング・ガーランド様……！

小さくなった猫の身体で、人間の時よりも高い目線まで抱き上げられた驚きにより、コティは思わず彼の胸付近に爪を立てた。この高さから落とされたら、大怪我を負いかねないと思ったためだ。

すると、しっかりとした生地で作られた騎士服は、そんな攻撃程度で裂けたりはしないが、ぷすりと爪が突き刺さってしまった。

――不味い……！

騎士服は、その職に就く者の誇りである。ましてやヴォルフガングは第二騎士団団長。一般の騎士よりも装飾が多く立派な作りになっている、特別仕様だ。

それを野良猫に傷つけられたとあっては、烈火のごとく怒り出すに違いない。

「にゃ……にゃっ」

大慌てで手を引こうと思ったのに、爪を引っ込めるのをすっかり忘れた。まだコティはこの身体を完全には制御できていないらしい。

——爪、どうやって出し入れするんだっけ……っ？

焦ってもがくほどに、騎士服の飾り紐や硬い布地に阻まれて、事態は一層悪化していった。

「こら、暴れるな。怯えなくても大丈夫だから」

「んぎゃっ、フシャーッ」

「生意気に、威嚇しているのか？」

威嚇している自覚はなく、動揺のあまり吐き出した息がそういう音になっただけなのだが、幸いにも彼は気分を害してはいないようだった。とは言え、無駄に動いたせいでコティの爪は更に食い込んでしまう。

もはや自力ではどうにもならない。さながら磔にされた生贄。妙な形で宙づりになりようやく抵抗を諦めたコティは、ヴォルフガングにされるがまま大人しく爪を外してもらうのを待つしかなかった。

——……っく、人間として、何て屈辱的な……！　でも、そんなことを言っている場合ではないわ……！

両脇に手を差し入れられたコティは、今度は彼の顔の前に掲げられた。後ろ脚はだらんと伸ばしたまま。猫の身体は思っていたよりも縦に伸びるものらしい。

「怪我はしていなそうだな。野良としては綺麗すぎるし、飼い猫か？　だったらこんな雨の中で丸まっているとは思えないが……」

　ひょいっと裏返され、背中側も隈なく検分された。それだけでは終わらず、尻を支えられた抱き方に変えられた反動で、コティの後ろ脚がパカーンと大開脚状態になる。

「にゃっ、ぅにゃぁッ？」

「雌か」

「にゃ、にゃ、にゃ……っ」

　何を見てそう判断したのか、聞くまでもなかった。

　とんでもないところを見られた。勿論人間として裸を見られたのではないが、気分としては大差がない。

　コティ的には、恋人でも夫でもない男の前で、真っ裸のまま大股開きを披露した事実しかないのである。

　あまりの衝撃に意識が遠退き、危うく顔を覚えてもいない両親と再会するところだった。

　――さ、さ、最悪！　何てことなの……！　もうお嫁に行けないわ……っ
　しかしこちらの大混乱が伝わるはずもなく、ヴォルフガングはコティを抱えたまま歩き出そうとするではないか。

冗談ではない。どこへ連れていかれるのか恐怖しかないし、ここにはコティの服と靴があるのである。それらを置きっ放しにはできない。

拉致されてなるものかと、コティは精一杯暴れた。だが彼を爪で引っ掻いたり噛みついたりする勇気はない。ふぎゃふぎゃと鳴きながら身を捩ったのみだ。

「暴れるな。気性の荒い猫だな」

――だったら放してください！

「にゃ、にゃいっ」

意図した台詞は、迫力もなければ説得力もなかった。人語でないのだから当然だ。当たり前の帰結としてヴォルフガングに伝わらず、彼は軽く首を傾げた。

「腹が減っているのか？」

――違います！

「シャーッ！」

今度は明確な意図をもって、攻撃的な声が出た。耳が後ろに反っているのも感じる。ジタバタもがいたおかげでヴォルフガングの手から逃れたコティは、空中でクルリと回転し、脱ぎ捨てられた自分の服の上へ無事着地した。

――猫の身体能力は使えるのね……

本来のコティの鈍臭さのままなら、べちゃっと落下して終了だろう。それが見事な身の

こなしで音もなく狙った場所に着地できたことに、少なからず感動した。

ほんの少し、至極一瞬だけ、猫も悪くないなと思ったほどだ。

「どうした？」

――どうしたもこうしたもありません。どうか私にかまわないでください！

「んにゃぁ……」

すっかり水たまりに浸かり濡れてしまった無残な服に鼻先を突っ込んで、コティは頭だけを隠した。こうして視界から彼を追い出すと、何となく安心する。狭い感じも心地いい。

それでもやはり身体が湿るのは気持ちが悪いなと思っていると、今度は服ごとヴォルフガングに持ち上げられた。

「ブニャッ？」

「女性ものの服？　それに靴や下着まで一式……どういうことだ？」

――そ、そうよ。脱いだままの服を見られるのも恥ずかしいのに、し、下着まで見られるなんて……いやもう、それどころじゃないものも視姦された後だけど……

終わった。女として何かが終了したのを感じる。

魂（たましい）が抜けかけたコティは、彼がしゃがみ込んでそれらをじっくり確認するのを呆然と見守ること以外できなかった。

「無理やり脱がされた感じではないな……どこも破れてはいない。かと言って捨てたとも思えない。泥水を吸って汚れているせいで、詳しくは分からないが……ひょっとして、お前の飼い主のものなのか？」

「……っ！」

飼い主ではなくコティ本人の所有物なのだが、難しい説明が不可能な今、ここは頷くしか選択肢はなかった。とにかく、服や靴を置いたまま拉致されては困る。

コティがブンブンと頭を縦に振れば、ヴォルフガングは眼を丸くした。そして突然破顔する。

「ふ……ははっ、まるで俺の言葉が分かるみたいだな。変な猫だ」

「にゃぃ……っ」

彼の笑顔は、初めて見た。

それも苦笑や嘲笑ではなく、こんな風に眼を細め穏やかに頬を綻(ほころ)ばせるなんて、コティには想像もできなかった。

普段の殺気溢れた厳しい表情からは程遠い、柔らかなもの。どこか少年めいた朗(ほが)らかさまであった。きちんと目撃したのに、未だ見間違いかもと思う。

――こ、こんな表情もされるんだ……私に向けられるのはいつも、『絶対殺す』以外の感情が磨滅(まめつ)しているみたいだったのに……

予想外だ。ついドキドキと胸が高鳴る。

だがその間に再び立ち上がったヴォルフガングにより、コティは彼の緩めた胸元へ放り込まれた。つまりは騎士服と逞しい胸板の間に入れられたのだ。

「フギャッ」

「この付近の担当者に巡回を強化させよう。何かあったのなら、すぐに判明するはずだ。この服と靴は、犯罪の証拠かもしれないから持っていく。下着泥棒の類なら、被害者に返さねばならんしな」

どうやら服と靴を諦めなければならない事態は免れた模様だ。そのことには安堵する。だが、今コティを悩ませる最大の案件は、それではなかった。

——ちょ、ちょ……っ、近い。それに温もりが直に……っ、てっきり汗臭そうと思っていたのに、存外良い匂いがするって、どういうことなの……っ？

雨に濡れて冷えていた身体にとって、人肌の温もりはありがたい。けれど肌着越しとは言え、男性の胸板に押しつけられたのは、初めての経験である。

いくら現在のコティが猫の姿をしていても、異性とこれほどまでに密着したことは過去に一度もなかった。

暴漢に押し倒された時でさえ、もう少し距離感は保っていたはずだ。背後から抱きつかれたこともあったけれど、真正面ではないだけマシだった。それが今は、男の服の中だ。こんなことが、自分の人生に起こり得るとは考えもしなかった。

それも、大の苦手とするヴォルフガングが相手だなんて。

――ぁ……男性の身体ってこんなにゴッゴツしているんだ……

現実逃避も相まって、コティの思考力は完全に崩壊した。

何なら『温かいなぁ』以外、一つも思い浮かばない。

服の中で大人しくなった猫に何を思ったのか、彼は外側からポンポンとコティをあやしてくれた。その妙に優しい手つきに、逆立っていた毛並みが不覚にも力を失う。

「よしよし、お前の飼い主はちゃんと見つけてやるからな？」

肉体的疲労以上に精神的衝撃にやられていたコティは、何故か急激な眠りに襲われてしまった。

猫は一日の大半を寝て過ごすという。しかし自分はあくまでも人間だ。にも拘らず抗いがたい睡魔はコティの全身から力を奪っていった。

ポカポカ、ユラユラ気持ちいい。

――駄目……寝ている場合じゃないのに……

心地いい温もりと揺れの中、無力なコティの瞼(まぶた)は無情にも下りていった。

2　騎士、猫を拾う

暖炉には火が入れられ、室温は充分に上がっている。

丁寧に拭われた毛並みはもう、水気を含んでいない。

清潔でフカフカの毛布に包まれたコティは、至福の気分で横たわっていた。

――き、気持ちいい……

つい先刻、ヴォルフガングによってコティは騎士団宿舎に連れ込まれた。

お腹はいっぱいだ。ここに到着するなり、ヴォルフガングがミルクと茹でた鶏肉、チーズまで用意してくれた。

生肉じゃなくて良かったと心底思いながら、コティはありがたくいただいたのだ。

まだ夕飯を食べていなかったし、走り回ったせいか、腹は減っていた。不可解な悲劇に見舞われていても、生理現象はどうしようもない。

　更にはブラッシングまでされては、フニャフニャにならない方が無理だった。

　ちなみにヴォルフガングが自身の入浴ついでに一緒に洗ってやると言ったが、それは死に物狂いで拒否した。逃げまくってあちこち爪を立てて抵抗しているうちに、彼が「泥水で汚れているから綺麗にしてやりたかったが……猫は水が嫌いだもんな。今夜は見逃してやろう」と諦めてくれたので、幸いである。

　――こんなことしている場合じゃないとは分かっているけど……いざという時のために、空腹じゃ動けないものね……

　その『いざ』が具体的に何なのかも不透明だが、食べ物を粗末にするのは許されない。食べられる時に腹いっぱい食べておけ。――それが貧しい生活の中で、コティが身につけた考え方である。

　――どちらにしても、猫姿のままではどこにも行けないし……

　服と靴、及び下着はじっくり検分された後、軽くすすいで彼の部屋で干されている。血痕などがないため、事件性はなしと判断されたらしい。

　そして至れり尽くせりの奉仕で骨抜きにされたのだった。

　――だってドアも窓も施錠済みじゃ、どうやったって私の手では開けられないから、逃げられない。ここはやり過ごす以外ないじゃない……

　などと頭の中で言い訳を並べ立てる。

この部屋へ連れてこられた当初は、コティも何とか隙を見て逃げようとソワソワしていたけれど、満腹になり身体が芯から温まったら焦燥感がゴリッと削られてしまった。

今やぬくぬくと惰眠を貪っている。

それに無駄なものがないこの部屋は、居心地がいいのだ。やや殺風景でもスッキリとしていながら落ち着ける。清潔感があって、コティが孤児院で割り当てられている部屋よりもずっと上質だった。

何よりベッドの硬さが丁度いい。

第二騎士団団長の私室は、広さも調度品も申し分なかった。

「明日、改めてあの路地を調べてやるから、今夜はここに泊まるといい」

「うなっ？」

だが、それとこれは別問題だ。

たとえ見た目が猫であっても、コティは嫁入り前の娘。男性の部屋に泊まるなど言語道断だ。それにうっかり忘れそうになるが、自分は今一糸纏わぬ全裸である。

この状態でヴォルフガングと一夜を共にするなんてとんでもない話だった。

――それは無理です！

「にゃぅにゃぅにゃっ」

「ははっ、もっと食べたいのか？」

全然通じない。それどころか目尻を下げたヴォルフガングは、笑顔の大盤振る舞いだ。蕩けそうな優しい眼差しをコティに向けてくるものだから、これまでの態度との落差に戸惑いを隠せなかった。

――私を射殺しそうに睨んでいたのは、何だったの……それに、こんなに饒舌だなんて、聞いてない。

「仕方ないな……とっておきだぞ？　俺の秘蔵の干し肉だ」

違う、そうじゃないと思ったが、出された肉は本当に美味しそうだったので、遠慮なくいただいた。

やや硬いけれど、コティがもっちゃもっちゃ嚙んでいると、どんどん旨味が溢れてくる。それに猫の鋭い歯があれば、難なく嚙み千切れた。

「良い子だ……沢山食べて大きくなれ」

「ぐるるる……」

耳の後ろを太い指で撫でられるのは気持ちがいい。つい喉奥がゴロゴロ鳴る。すると眠気が増してきて、コティは危うく瞼を下ろしそうになった。

――……はっ、いけない。油断していないで、いつでも外へ逃げられる準備をしておかないと……だけどもしこのまま人間に戻れなかったら、ヴォルフガング様に飼われるのもありなのかな……野良よりはマシかも……

弱った心の狭間で、普段なら考えもしない愚策を思いついた。

それだけ心細いのは否めない。

しかし野宿や狩りについて考えると、気が遠くなるのも本当だった。

そもそも野生動物の寿命は短い。それだけ過酷な生活だからだ。王都でごみを漁る犬猫も、軒並みガリガリに痩せているではないか。皮膚病に罹っているものも少なくない。

——あの子たちと生存競争をして、とても私が無事に生き残れる予感がしない……

おそらく長くても、コティはひと月ともたないだろう。早晩、命を落とすに決まっていた。

流石に、それは嫌だ。

せっかく戦争が終わって平和な時代がやって来たのに、まさかよく分からない事態に巻き込まれ、最期は猫になって死ぬなんて。せめて人間らしく幕を引きたいというささやかな願いも叶わないのか。

激しく気分が落ち込んだコティは、ヴォルフガングの指から微かに身を引いた。自分は猫ではなく人間であるという矜持が、そうさせたのかもしれない。

呑気に撫でられて喉を鳴らしている場合ではないと思い直した。

「どうした？　まだ寒いか？　よし、抱っこしてやろう」

「あうッ？」

まさかヴォルフガングの口から『抱っこ』なんて単語が出てくるとは夢にも思わなかった。騎士団宿舎に連れ込まれてから、拾われた直後よりも彼の『猫可愛がり』が加速したように感じる。

少なくとも、先刻まではもっと毅然としていたし、にやけっ放しでもなかったはずだ。コティが愕然としている間に太い腕に抱えられ、すっぽりと包まれた。逞しい腕は猫一匹の重みに揺らぐことはない。

通常、深い渓谷が刻まれていた眉間は緩み、不機嫌に下がっているところしか目撃したことがない口角は上がったままである。

心なしか、声も若干高くて甘い。考えてみたら、ブラッシングをしてくれた櫛は、人間用とは思えなかった。つまりわざわざ用意したのか。それとも以前から持っていたものなのか。

――猫のために？　この部屋で別の猫が飼われている形跡はないけど……もしかしてヴォルフガング様は猫好きなのかしら？　あ、私が拾われた時も『この辺りでは見かけない顔だな』って言っていなかった？　それってつまり、この辺一帯の猫の顔ぶれを把握しているってことじゃ……。

抱き上げられた状態で、チラッと彼の顔を見上げる。するとやや頬を赤らめたヴォルフガングが小首を傾げた。

「どうしたのかにゃ？」

——……にゃ……？

聞き間違いだろうか。そうであってほしい。でないと何故か罪悪感が半端ない。聞いてはいけないものを盗み聞きしてしまったとしか思えなかった。

「ああ、可愛いな……食べてしまいたい」

「んにゃうっ」

どこまでが冗談なのかさっぱり分からず、コティは背中の毛を逆立てた。接近してくる彼の顔を前脚で突っぱねて防ぎ、限界まで仰け反る。しかしそれさえ嬉しいのか、ヴォルフガングが笑み崩れてこちらを抱く腕に力を込めてきた。

——ひぃっ、苦しい……！

「ぷぎゃっ……」

胸筋に押しつけられて、上手く息が吸えない。発達した筋肉は、完全に凶器である。おそらく本人は優しく撫でているつもりだろうが、巨大な掌に全力で撫でられると、コティの首はガックンガックン前後に揺れた。

顔の皮が後ろに引っ張られるせいで、眼が吊り上がり口も歪む。けれど彼は「可愛い」を繰り返し、ますます熱心にコティを撫でくり回した。

「フシャッ、シャーッ！」

身の危険を感じパンチを繰り出すも、見事に躱(かわ)され不発である。国一番の騎士の動体視力と反応速度に、しがない小娘が敵うわけがなかった。

「勇ましいニャンコだな。元気で偉いぞ」

――ニャンコ……この『力が全て』を体現しているような男性から、そんな単語が出てくるなんて……やっぱり幻聴？　それとも全部夢かな……そうであればいいのに……

何だかもう疲れてしまった。コティはふて寝を決め込むつもりで、全身を弛緩させる。

このままでは埒が明かない。

隙を見て逃げるにせよ、それが今ではないことは何となく分かった。

――じっと伏して待つのよ。そうすれば、絶対に好機はやってくる……！

「眠くなったみたいだな。もう時間も遅い。俺も寝るか」

この部屋にはベッドは一つだけだ。だから眠るとなればヴォルフガングと一緒になることまでは予測していた。

だがしかし。

「にゃい……ッ!?」

風呂上がりの彼が身につけていたガウンを脱ぎ捨てたので、コティは限界まで眼を見開いた。

ゆったりと身体を覆っていたガウンの下は、真っ裸だ。下穿(したば)きすら穿(は)いていない。

腕も腹も背中も太腿も尻も、男性の象徴も全部、惜しげもなくコティの眼前に晒された。

——ひぃぃぃっ!?

しかも堂々たる佇まい。ヴォルフガングとしてはこの部屋には猫と自分しかいないのだから、気を遣う発想もないのかもしれない。

全てがドドンッと効果音が聞こえてきそうな勢いで御開帳されていた。

——せめて前を隠してください!

切実なコティの叫びは届かず、「ふぁ」の形で固まったままの口は役立たずだ。

眠る時に全裸になる人もいると風の噂で耳にしたことはあったものの、まさか彼がそれだったとは。何たる不運。そして運命の悪戯。

すっかり凍りついていたコティはものの見事に捕獲され、ヴォルフガングと共にベッドに転がることとなった。簡単に言えば、完全に逃げ損なった。

——す、素肌が当たる……!

先ほど服の中に入れられた際にも焦ったけれど、その比ではない。何物にも隔たれない男の肌が猫の体毛と密着して、生々しい体温が伝わってきた。

しかも上から大きな掌で押さえつけられては動けない。

彼的にはこれでも撫でているつもりなのだろうが、小さな猫の動きを完全に封じるには充分だった。

――誰か助け……っ

「お休み、ニャンコ」

「……っ？？？」

鼻先に、思いの外柔らかいものが触れた。

想像していたよりもふっくらしていると感じたのは、それが何なのか、ちゃんと見て分かっていたからだ。しかし頭が理解を拒否している。

ヴォルフガングの顔がずいっと寄ってきて、コティの鼻先に彼の唇が落とされた。出来事としてはそれだけ。

だが自分にとっては初めてのキスでもある。

今は人間の身体ではないし、唇ではなく鼻だったという事実を差し引いても衝撃だ。コティに付きまとってきた暴漢に無理やり口づけされそうになった時も、死に物狂いで拒み通し、守った初キスをいとも容易く奪われるなんて。

ノーカウントだと心が叫んでも、ジワジワと侵食する羞恥心に、心がたちまち飽和した。

――なしですっ、今のは全部なしでお願いします！

「ははっ、お前はふわふわで温かいな。ずっとくっついていたくなる……」

「にゃにゃっ」

容赦なく抱きしめられて、コティの頭のどこかが爆発した。おそらく後頭部辺り。

そこへヴォルフガングの顔がグリグリと擦りつけられる。

「ふっぎゃ！」

「おっと、爪を出したら駄目だぞ。今は何も身につけていないから、流石に痛い。まぁ、お前は可愛いから引っ搔かれても許してしまうけどな。ほら、にゃんって言ってみろ」

——だったら服を着てください。だいたい蕩けそうな笑顔で似合わない台詞を吐くのはやめてください……！

普段の仏頂面及び滲み出る不機嫌さと、今のデレデレ甘々具合の差がかけ離れすぎていて、別人としか思えなかった。

こんなに優しく、かつ締まりのない顔で笑う筋骨隆々の男なんて、コティは知らない。もしや他人の空似か、身体を乗っ取られたのかと訝ったほどだ。

——いっそそうであった方が納得できる……

コティの心の安寧も保たれるに違いない。これは全部丸ごと夢だと自己暗示でもかけなければ、筋肉の塊めいた全裸の男と同衾などできるわけもなかった。

身体は猫でも、心は乙女。だからこそ、譲れない一線がある。

ヴォルフガングの脂肪など皆無の胸板に抱きこまれ、窒息寸前になりながら、ブルブル震えた。合間に、彼が執拗にキスを仕掛けてくるから堪ったものではない。

巧みに避けて口は死守しても、耳や頭頂、首筋に額などは陥落した。しまいには仰向け

にひっくり返されて、腹に顔を埋められる始末。

「ははは。猫を吸うと寿命が延びそうだ」

――もう本格的に、お嫁に行けない……！

涙目になったコティは、天井を見上げた状態で何か大事なものを失った事実を嚙み締めた。

きっともう、以前の自分には戻れない。何せよく知らない苦手な男に全身弄り回されて、裸を全て見られたのだ。尻の穴までだ。猫の身体だとしても由々しき事態である。

――顔も覚えていないお父さん、お母さん……ごめんなさい。あなたたちの娘は汚れてしまいました……

「お前の毛並みはとてもなめらかで綺麗だな。艶もいいし、やはり野良ではあるまい。それにこの色……彼女を思い出す。アイスブルーの瞳もそっくりだ……ふふ、だから放っておけなかったのかもしれないな」

「ん、にゃ？」

猫を見て思い出される人とはどんな相手だ。

それよりも腹に顔をくっつけたましゃべられると、擽ったい。それに吐息が妙に艶めかしかった。ヴォルフガングが呼吸するたびに、コティの腹毛がそよぐ。仄かな湿り気が無防備な腹を撫でるたび、どうにもゾワゾワとした感覚がせり上がった。

「ぐるる……」

「おっと、悪い。このままじゃ寝にくいよな。ほら、お休み」

ようやく仰向けの状態から解放され、コティは身を守るように丸まった。しかし彼の腕の中から逃げられたわけではない。

結局同じベッドで横臥しているのは変わらず、ヴォルフガングも裸のままだ。

「心配するな。万が一飼い主が見つからなかったら、俺が飼ってやるよ」

――お断りします！

まだ、人間に戻る望みは捨てていない。弱気になって、仮に一生猫のままなら彼に飼われることも考えたけれど、こうも恥辱を与えられては前言撤回だ。

命と貞操、それはコティにとってどちらも大事なものだった。

「よしよし」

――ああでも、顎の下を撫でられると悔しいけれど気持ちいい……

全身が、意思に反して脱力する。するとまたしても睡魔が一気に押し寄せた。

――猫って、どうしてこんなに眠いの……

瞼が重くて抗えない。眠っちゃ駄目だと己を叱咤しても、絶妙な箇所を摩ってくるヴォルフガングの手腕に屈し、コティの意識はゆっくり溶けていった。

甘美な夢の世界が手招きする。安眠を求める欲求は素直で凶悪な威力を発揮した。

いったいどれだけの時間、コティはトロトロと微睡んでいたのか。

ふと意識が浮上した時、傍らに横たわる彼は穏やかな寝息を立てていた。

——眠っていると、眉間の皺はないのね……あ、やっぱり険しい顔になった……まさか猫と戯れている時だけ、厳つさが薄れるの？

猫の身体で良かったこと。その一つは暗闇の中でも問題なく視野が保たれていることかもしれない。

ランプ一つ灯っておらず、今夜は空が雨雲に覆われていて月明かりもないのに、コティは室内を隈なく見回すことができた。

そっと身体を起こし、ヴォルフガングから距離を取る。

——今のうちに逃げた方がいいかな……でも、どこへ？　しかもどうやって？

心細さに押し潰されかけながら、猫の掌をじっと見つめた。

これではやはり鍵を開けるのは無理だ。そんなに器用な動きはできない。ならばすり抜けられる穴でもないかと室内を探ったが、当然あるわけがなかった。

しかも無事この部屋を脱出できたところで、問題はその後である。一番良いのは孤児院で保護してもらうことだが、それは不可能に近い。下手をしたら、野良としてもっと遠くに捨てられてしまうかもしれなかった。

——院長様の猫嫌いは、相当なものだものね……迷い込んできた仔がいると、いつも絶対に近寄らず心底嫌そうにするもの……

だから、こっそり忍び込んでなどの案も現実的ではなかった。

――妙案なんて浮かばない……

一刻も早く人間に戻れますように、悪夢が覚めますようにと祈ること以外、いったい何ができるのか。

コティはもふもふの手を合わせ、真摯に願った。指を組むことも叶わないけれど、大事なのは気持ちだ。

さほど信仰心が強い方ではないものの、今日は人生で一番神に額づきたい気分だった。

――神様……これからは敬虔な信徒になります。だからどうか、この哀れな子羊に救いの手を差し伸べてくださいませんか……！

傍で誰かが見ていたとしたら、猫がベッドの上で伏せているだけの構図だろうが、コティ自身は必死に祈った。全身全霊で奇跡を乞う。願いを聞き届けてもらえるなら、最悪男運は諦めてもいいと思った時。

「……っ」

コティの額が猛烈な熱を持った。

この感覚は三度目。

一度目は謎の占い師に『おまじない』と称して口づけられた時。二度目は言わずもがな猫になった時だ。だとしたら今度は――

――元の姿に戻れる……っ？　ま、まさかここから更に別の動物に変わったりはしませんよね……そんなことになったら、私二度と神様には祈りません……っ！

敬虔な信徒になると誓ったばかりだが、事と次第によっては取り消しだ。

段々熱が全身へ広がってゆく中、コティはぎゅっと瞑目した。

体内から発光しているような眩しさが、閉じた瞼からも感じられる。とても眼を開けることなんてできない。

その間に身体の感覚が変わっていった。

体毛が失われ、手足が伸びてゆく。大きさも骨格も全てが変化して作り替えられる。痛みはないが、駆け巡る血潮が掻痒感をもたらした。

指先の感覚が明瞭になり、裸の背中を長い髪が撫でる。

その感触で、コティは恐る恐る瞼を押し上げた。

「ぁ……」

漏れ出た声は、紛れもなく人のもの。無意識に顔を覆っていた掌は、見慣れていながらも懐かしい人間の形だった。

――も、戻った……！

コティは自らの手で慌てて全身を触り、あちこち確かめた。残念ながら闇が深すぎて視覚では正確な情報が捉えきれない。ほとんど黒に塗り潰された暗がりの中、指先から伝わる感覚だけが頼りだった。

――私、ちゃんと人間に戻っている……！

耳は顔の横にあるし、尻尾なんて生えていない。胸は二つで、滑らかな肌の感触があった。

ちゃんと人間だ。その事実を確かめ、快哉を叫びたい喜びが込み上げた。

――良かった！　これで万事解決……って、ええっ？

眠っているはずのヴォルフガングの手が伸びてきて、コティは強引に抱き込まれた。男はぐっすり夢の中なのか、何の迷いもなくコティの腰と頭に腕を回し、強く引き寄せてくるではないか。

「ひ……っ」

断っておくが、双方全裸である。

そのせいで密着する肌の性差が生々しく感じられた。ぐいぐい身体を押しつけられるから、尚更逃げられるはずもない。

それどころか彼の脚まで絡みついてきて、コティは完全に拘束された。

――あわわわ……

真夜中の密室で、男女が二人きり。場所はベッドで互いに裸。

この状況下で、処女が冷静になれたらたいしたものだ。当然の帰結として、コティは大混乱を引き起こした。

あまりにも直視したくない現実に見舞われ、記憶が混濁する。どんな経緯でこんな事態に陥ったのか、すっかり分からなくなった。

――え？　私は誰？　ここはどこ……

冗談ではなく、瞬間的な記憶喪失に見舞われた。何もかもがスポンッと頭から抜け落ちて、自分自身も見失う。何なら、己が人間かどうかも自信を失くした。

――私は愛玩動物？？？

全て否定したい表れか、『この男性は誰だっけ？』とまで判断力が低下する。完全なる逃避である。

――裸の異性とベッドで二人きり……いや、何でこの方も全裸なのよっ？

ガンガンと頭痛がするのは呼吸もままならないからなのか。

何はともあれ、いつまでも現実から逃げていないで、正確に現状を把握せねば。

今更把握も何もあったものではないのだが、一つずつ確認するつもりで、コティは深呼吸した。

――やっぱり……ヴォルフガング様、よね？

勿論知っていた。むしろここで別の男性にすり替わっていたら、そちらの方が大問題だ。それでも微かな期待に縋り、『何だ、全部自分の勘違いか』という結論に至らないかと思ったのだ。

――そんな都合がいいことあるわけがないって分かっていても……縋らずにはいられない……！

何故ならこのままではコティは痴女の不法侵入者だ。

冷静に、事実だけを整理しよう。

彼は猫を拾って帰ったつもりが、いつの間にか真っ裸の女が室内に居座っていたら、どう思うか。普通は不審者として捕まるに決まっている。何せ彼は王都の治安を守る第二騎士団の頭に立つ人なのだ。

――ヴォルフガング様に見つかれば、私は犯罪者まっしぐら……

それだけは、何としても回避したかった。

――いいえ、捕まるだけならまだマシじゃない？　ひょっとしたら、問答無用で殺される恐れも……

思い至った可能性にコティの背筋が一気に冷えた。

体温の高い男の腕の中にいるのに、震えが止まらなくなってくる。相手は、敵と見れば情け容赦なく屠ると謳われた最強騎士だ。不興を買えば無事では済むまい。

――まして私はこの方に嫌われている……

ひやっと首筋に寒気が差す。己の頭と身体が二つに分かれた様を想像し、本格的に泣けてきた。

——駄目だ。動揺しすぎて自分が何を考えているのかも分からない……思考が全く纏まらないわ……でも、今ならドアを開けて逃げ出すことができるんじゃない？　幸い服と靴はこの部屋に干されている。そして何もなかったことにして——

コティが身じろいだ瞬間ベッドが揺れ、ヴォルフガングの強面が更に凶悪になった。

軽く呻いた彼は、今にも起きてしまいそうだ。そうなっては万事休す。

自分が無事に生き延びるためには、彼が眠っている間に逃亡する以外方法はない。

絶対に眼を覚ましてくれるなと念じながら、コティはそろそろと動きだした。ゆっくり、けれど確実にヴォルフガングの腕の檻から脱出を図る。失敗は許されない。一つのミスが命取りになりかねないのだ。

——できる。私ならできる。いいえ、やらなければならないのよ……！

決死の覚悟で慎重に事を進めたおかげか、密着していた二人の身体は距離を開けることに成功した。あと少し。もう少し。

極力物音も立てず、離れてゆく。

コティの全身全霊の努力が実を結びかけたその時——

「ん……？」

ヴォルフガングの赤い双眸がぱっちりと瞬(またた)いた。

ついにやってしまった。

最初に思い浮かんだ言葉はそれだ。

と言うか、他には何も思いつかなかった。あまりにも心当たりが一つしかなくて。

――これまで、渾身(こんしん)の理性で堪えてきたのに……！

ヴォルフガングは頭を抱えて悶絶(もんぜつ)したい衝動をぐっと押し殺し、現状の把握に努めた。万が一、億が一でも別の可能性はないものかと模索したかったからだ。

見慣れた騎士団宿舎の自室。当然である。昨夜はいつも通りここで眠りについた。違ったことと言えば、帰り際に猫を拾ったことくらいだ。

それ以外は、何一つ問題なんてなかった。

しいて言えば、昨日は一度も『彼女』の顔を見られなかったくらいで――

――このところ会う機会がないから欲求不満が高まって、俺はついに……コティを力づくで閨に引き摺り込んでしまったらしい……

目覚めてみれば、隣に裸の女が横たわっていた。騎士団宿舎は一応女人禁制であっても、こっそり恋人や娼婦を引き込む者は後を絶たない。所詮男ばかりの場所だ。規則など上手く破れば、見逃してもらえる。

節度を保った遊びなら、誰もが目を瞑ってくれるのである。

これまで自分は娼館に足を運ぶことはあっても、生活圏内に女性を呼び込むような火遊びをしたことはなかった。そこまで女に飢えてもいない。けれど、言い逃れのできない証拠を突きつけられれば、『やっちまった』のは明白だった。

問題は、相手が商売女などではなく、ひっそりと想いを寄せていたコティだったこと。あり得ない。

これまでどんなに触れてみたくても、ぐっと我慢し続けていた努力は何だったのだ。自分のような武骨な男が不用意に触れれば、小動物めいた彼女など簡単に壊れてしまいそうで実行できなかった。

だからずっと、遠くから眺めるだけに留めていたのに。

――しかも彼女の様子を見れば、これが同意の上での関係ではないことなどあからさまじゃないか……!

蒼白の顔に、震えが止まらない身体。隣に横たわるコティは、完全に怯えていた。

とても愛を確かめ合った事後の空気ではない。どう考えても、無理やり部屋に連れ込まれ、襲われた女の反応だ。

――だが、何故だ……っ？　色々あっただろうに、俺の記憶がすっぽり抜け落ちている。猫のことしか覚えていないなんて、どうなっている……っ？

手に残る感触は、柔らかな毛並みだけ。

愛する女を抱いたはずなのに、その滑らかな質感や膨らみの弾力は微塵も残されていなかった。ただひたすらに、モフモフだけだ。それどころか耳によみがえるのも、生意気に威嚇する猫の鳴き声のみ。

――馬鹿な……っ、こんなことがあり得るか？

もしや念願叶った喜びのあまり、頭がおかしくなったのか。そうでなければ酔っ払って見事に醜態を晒したのか。

昨晩は大酒を食らった記憶もないし、そもそもヴォルフガングは酒に呑まれたこともないのだが。

――いや、落ち着け。大事なのは俺がコティとのあれこれを忘れていることじゃない。重要なのは、彼女の心の傷だ……！

コティは奥手で、更に男性不信の気があるらしく、異性とは積極的に交流を持っていない。故に、ヴォルフガングとも必要最低限の会話しかしたことがないのだ。

そんな中で、大柄な男に強引に迫られたら、恐怖を感じるのは想像に難くない。それはもう、命の危険を覚えただろう。

殺されないために、意に沿わなくても無抵抗を貫くしかなかったと想像できる。

――俺が強引に押し倒したら、なす術ないに違いない。きっと涙をのんで……お、俺は……何てことを……――よし、死のう。

彼女へ罪を償うには、自決以外道が見当たらない。

だがいきなり眼前で強姦魔が自害したとあっては、余計に心労をかけるに決まっていた。どんな呪いだ。それに下手をしたら、コティにヴォルフガング殺害の容疑がかけられかねない。

――駄目だ……今すぐ首を掻っ切るのは、得策ではない。

瞬時にここまで考えて、ヴォルフガングは改めて彼女を見つめた。おそらく思考を巡らせていたのは、数秒にも満たない時間。だがその間、視線を逸らせなかった。

――ああ……可愛い……こんな時でも、彼女は食べてしまいたいくらい極上に愛らしくて堪らない……

いつだってコティの姿を見かければ、眼で追わずにはいられなかった。それでもジロジロ眺めるのも悪いかと思い、こっそり陰から見つめるよう心掛けていたつもりだ。

気持ちが迸りすぎて、上手くいっていたとは言えないけれど。

家族を幼い頃に亡くしても、健気で他者への愛情溢れる彼女。子どもたちに接する姿は聖女に等しい。いつだって一所懸命で、眼が離せなかった。

しかも、どこかヴォルフガングが愛してやまない猫に似ている。

大きなアーモンド型の瞳のせいか。それともなかなか懐いてくれない警戒心のせいか。びくびくとしつつ、いざとなれば守る者のために牙も剝く。

以前、孤児らをよく思わない貴族が難癖をつけてきた時に、震えながら矢面に立ったコティの姿を見て、あっさり恋に落ちてしまった。

以来、恋心は募るばかりである。だが噂でコティの男性不信を知り、馴れ馴れしく距離を縮めるべきではないと己を戒めた。

故にいつも傍に寄ることは自重している。

とにかくこんなに至近距離で、かつ真正面からヴォルフガングとコティの視線が絡んだのは初めてだった。だからなのか、どうしても眼を背けることができない。瞬きすら惜しい。

赤い両目を見開いたままヴォルフガングが彼女を凝視していると、コティが一層ブルブルと小刻みに震え出した。不味い。怯えさせてしまった。

「ぁ……ぁ、ぁ、あの……」

――声まで可愛い。一生聞いていたい……

恋に侵された頭は、とことん愚かになる。ヴォルフガングは桃色に染まりそうな思考を、強引に引き締めた。

「――これは、いったいどうなっている？」

どうもこうもねぇだろっ！　と叫ぶ自分もいたが、本音だから仕方あるまい。本気で、経緯が分からない。しかし現実は厳然とここにある。

ヴォルフガングがコティを力づくでベッドに連れ込んだ。何度考えても、これ以外の回答は見つからなかった。

「わ、私……」

潤んでいた彼女の瞳から大粒の滴が溢れる。泣かせてしまった、と理解した刹那、ヴォルフガングは焦りのあまりベッドから飛び起きた。全裸で。

「な……っ」

勿論前を隠す気遣いなど、頭からすっぽ抜けていた。むしろ堂々と見せつけるように姿勢よく構えてしまったほどだ。結果、コティが悲鳴を上げて自身の両目を覆った。

「きゃぁっ」

――やらかした……俺はもう駄目だ。露出の罪も加えてしまった……

いっそ全部やり直せたなら。丸ごとなかったことにしてしまいたい。だがどこから？　まともに機能しなくなったヴォルフガングの頭では、『とにかく前を隠さなければ』としか思いつかず、反射的に眼の前にあった布を引っ張った。それは、コティの身体を辛うじて覆っていた掛布でもある。

「ふぁっ」

力加減を誤り強引に掛布を引っ張ったせいで、彼女がベッドの上で回転した。グルンッと綺麗に回り、こちらを向いて着地する。するとその見事な肢体（したい）が全て晒された。

「……っ！」

今ほど、ヴォルフガングは夜目が利く己の体質に感謝したことはない。

月明かりもない夜の闇の中、真っ白な身体は淡く発光していると思うほど美しかった。

どこもかしこもふわふわしていそうで、触れなくても極上の触り心地だと察せられる。

更にはスベスベであると窺える滑らかな肌。華奢（きゃしゃ）で細く繊細（せんさい）な手足と、括（くび）れた腰。小柄な体型には重すぎるのではないかと心配になる大きな胸。そして脚の付け根の慎ましやかな繁み。

それら全てが、一瞬でヴォルフガングの網膜（もうまく）に焼き付いた。

――俺は、こんなに素晴らしい身体を蹂躙（じゅうりん）してしまったのか……？　その上、欠片も覚えていないだと……っ？

もはや信じたいのか信じたくないのかも曖昧になった。

形はどうあれ、コティを一度だけでも手に入れられたのなら、今すぐ死んでも悔いはない。だがまるで記憶がないのは、痛恨の極みだった。

勿論、彼女に苦痛を与えた思い出など消去してしまいたいけれど、自分だけが忘却の彼方なのは論外である。

そこは悔恨と共に胸へ刻むべきだろう。

当たり前の責任すら負わず、『何も覚えていないから、ごめん』だなんて、言えるわけがない。男としても人としても最低だ。今すぐ去勢され、晒し首になっても文句は言えなかった。

「す、すまない」

狼狽しつつ、奪い取ってしまった掛布を大至急コティに巻きつける。動揺の真っただ中でヴォルフガングが室内を見回せば、女物と思しき服一式が壁に掛けられていた。

――あれは干しているのか……？　昨夜は雨だったものな。――そうか、俺は雨宿りを望む彼女を無理やり……

やっぱり死のう。他に正解が見当たらない。

ヴォルフガングが今すぐ土下座をするべきか、言葉を尽くして謝罪すべきか迷っていると、ベッドの上でコティが身じろぐ気配がした。

「こ、これは――全部夢です。そう、悪夢なんです！」

か細く掠れながらも、彼女がはっきりと言い放つ。室内には、木霊のようにコティの声が響いた。

「え？」

こちらとしても夢であってくれたらと思わなくもない。コティと初めて迎える一緒の夜は、もっと素晴らしいものにしたかった。

彼女が望むなら薔薇(ばら)の花を部屋中に敷き詰めることも、使い切れないくらい沢山の宝石を贈ることも、最高級ホテルを全て貸切ることも吝(やぶさ)かではない。それだけの金はある。

何せ、酒も煙草も女遊びもたいして興味はないし、使い切れないほどの報奨金を国からもらっているのだから。

話がやや逸れたが、とにかくヴォルフガングはあくまでもコティに無理強いをするつもりはなかった。

じっくりと時間をかけ自分という男の為人(ひととなり)を知ってもらい、誰に憚(はばか)ることなく正式な恋人同士になるのを夢見ていたのだ。

だから男全般を苦手としている彼女に軽々しく接近しないよう、きつく己を戒(いまし)めていた。視線だけは思うようにならず、会うたびに熱烈に見つめてしまったが、きっとコティは気づいていないだろう。

しかし妄想の中では別である。

現実世界では紳士たれと厳しく自身を律している分、いかがわしい想像は反比例して漲った。とても口にできないホニャララは、軒並み経験済みだ。全て、頭の中で。

脳内では彼女にあられもない格好をさせ、迸る欲望をぶつけてきたために、まず自分の理性が一番信用ならない。

おそらく機会さえあれば、あっさりやらかす。夜毎募った恋情と情欲に、そろそろ限界を迎えそうだったことは、誰よりもヴォルフガング自身が自覚していた。

それなりに自制心は強い方だと自負していたけれど、色々ギリギリだったことは否めない。もはや時間の問題だったのだろう。

すぐ眼の前に熟(う)れ切った獲物をチラつかされ、飛びつかないとは断言できなかった。

――夢であったら救われたが……俺は自分の欲望がそんな生易しいものではないと分かっている。

一人で欲を発散し、自己嫌悪に沈んだのは一度や二度ではない。

愛しい人を汚してしまう申し訳なさと背徳感、得も言われぬ興奮に何度身悶(みもだ)えたことか。

だがなけなしの矜持(きょうじ)で取り繕い、そんな素振りを周囲には見せなかった。同僚や部下からは『ヴォルフガング様は高潔でいらっしゃる』と言われたこともある。

特定の女を作らず、滅多に遊びもしないことでそんな風に思われていたのだろう。けれど真実は違う。

コティだけ。

他の女では渇望を満たせないから、わざわざ相手をする気になれなかったにすぎない。

まして娼婦ならばまだしも、素人女性を身代わりにするわけにはいかない。流石にそれは誰に対しても不誠実で失礼だ。

　故にヴォルフガングはいつしか女性そのものを遠ざけるようになり、裏腹に淫らな妄想が強化されたという次第である。

　――だから『夢』で片づけるのは不可能だ……！

　今後自ら命を絶つにしろ、とにかく謝らなければ。ヴォルフガングはなけなしの誇りをかなぐり捨て、勢いよく床に膝をついた。

「ヴォルフガング様……っ？」

　――俺の名前をコティが呼んでくれるなんて……もうそれだけで幸せだ……

　目頭が熱くなる。そのままヴォルフガングは床に額を打ちつけた。

「ひぃッ？」

　体幹がしっかりとした大柄な男の、綺麗な土下座である。膝はピタリと揃えられ、腕の角度にも隙は無い。ただし、全裸ではあるが。

「謝って済む問題だとは思わないが、心から申し訳なく――――」

「や……ゃ……嫌ぁあああッ」

　コティの絶叫が聞こえたと思った直後、ヴォルフガングは後頭部に重い衝撃を感じた。

　普段であれば、こんな攻撃は簡単に躱せる。しかし無防備にも周囲への警戒を怠っていたこと、一刻も早く謝らねばと気が急いていたこと、それからまさか彼女に殴られるなんて夢にも思っていなかったので、完全に油断していた。

「……がは……ッ」

偶然にも、攻撃は絶妙な角度で当たったらしい。

コティの細腕で繰り出されたとは思えない痛みが、ヴォルフガングを襲った。

あとは、暗転。

たった一撃で落とされた最強騎士は、土下座の体勢のまま床に崩れ落ちた。

大男が突っ伏したまま動かなくなり、コティは自分のしでかしたことに愕然とした。

色々モロ出しのヴォルフガングがいきなり床にひれ伏すという奇行に走ったため、完全にわけが分からなくなってしまったのだ。

そして思わず、ベッド横のチェストに置いてあった分厚い本の角で、彼を殴ってしまった。

幸いにも出血はしていないようで安堵する。怖々髪を掻き分けてヴォルフガングの頭皮を確認してみたが、コブにもなっていない。これなら、しばらくすれば眼が覚めるだろう。

一応、彼を担ぎ上げてベッドに寝かせようとはしてみたものの、恐ろしいほど重く微動だにしなかったので、諦めた。

腕一本ですら肩にかけるのが限界で、持ち上げるなんて到底不可能。結局、おかしな体勢のまま放置するよりはマシと、床に寝かせて掛布をかけるに留めた。

そして自分は生乾きの衣服を身につけ、騎士団宿舎から逃亡したのである。

——あぁぁ……何てことをしちゃったの……終わった……私の人生、もうお先真っ暗だわ……

真夜中の街を走り抜け、壊れて鍵のかからない小窓から孤児院内に入ることは成功した。早く鍵の修理をしなくてはと思っていたけれど、今夜だけは壊れたままでいてくれて大感謝だ。

足音を忍ばせ、誰にも目撃されることなく自室に辿り着けたコティは、文字通りベッドに倒れ込んだ。

ヴォルフガングの部屋にあった大きくて寝心地の良いベッドとは違い、こちらは狭くて非常に硬い。

それでも、心底ホッとした。

——やっと……帰ってこられた……騎士団宿舎とこの孤児院がさほど離れていなくて、本当に助かった……

突然猫になるという異常事態に直面してから、まだ半日しか経っていないけれど、数年単位で過ぎ去った気分だ。それほどコティは身も心も疲れ果てていた。

全身がズブズブと沈み込んでゆくような疲労感が指先まで重くする。それでもじっとりと湿ったままの服を着ていては、体調を崩してしまう。

コティは重怠い身体を渾身の努力でベッドから引き剝がし、どうにかこうにか寝衣に着替えた。

——ヴォルフガング様……部屋の中は真っ暗だったから、まさか痴女が私だって気づいていないよね……？　あの暗闇で、人の顔なんて認識できないでしょ。普通なら、いきなり裸の女が隣にいることに驚いて、面相まで意識が回らないと思うし……

希望的観測のもと、そうであってくれと強く願った。いや、そうでなければ困る。

仮に不法侵入の痴女がコティだと知られれば、いったいどうなることやら。

ただでさえ嫌われているのに、これ以上悪印象を持たれては堪らない。避けられ睨まれることくらいは我慢できても、相手は誉れ高き騎士様だ。

第二騎士団は町の治安維持が主な任務で、それを纏める立場の人に疎まれるのは、単純にごめん被りたかった。何らかの難癖をつけられ、投獄などされたら目も当てられないではないか。

——あり得ない話じゃない……だって、彼は全ての敵を屠った『最強騎士』様よ？

裏切り者や邪魔者を粛清してきた……

背筋を悪寒が駆け抜けて、コティは自分のベッドに飛び込んだ。

隙間風だらけの部屋は、ちっとも暖かくない。暖炉に薪をくべられるのは、真冬でも特に寒い日だけだ。今日程度の気温では、節約のために着込むより他になかった。

――ヴォルフガング様の部屋は、暖かかったな……

筋肉量の多い彼にとっては、むしろ暑いくらいだったのではないか。実際、少々汗ばんでいたし、潔く裸になっていた。

――まぁあれは、寝る時は裸と決めていらっしゃるのかもしれないけど……でも、もしかしたら猫の私のために、暖炉に火を入れてくれたんじゃない……？

考えすぎだろうか。だが人間のコティには向けられたことのない微笑みが忘れられず、脳裏に明滅した。

撫でてくれた大きな掌も、濡れた毛を拭ってくれた手つきも、鮮やかに思い出す。

――本当は優しい人なのかな……それとも大の猫好き……？

しかしだとしたら、博愛精神に恵まれた親切な人に、コティだけが猛烈に嫌われているという結論に至ってしまう。

どうにも面白くない解答にぶち当たり、コティは深く嘆息した。

――考えても分からない……もう寝よう……今日は疲れたもの……

寝て起きたら、万事解決しているかもしれない。

悪夢は覚め、いつも通りの朝が始まるはずだ。

本当はそんなことはあり得ないと理解しつつ強引に自分にそう思い込ませ、コティは瞼を下ろした。

今夜のことは、悪い夢。

そしてどんな悪夢も、いつかは覚めるのだ。

自己暗示に等しく何度も己に言い聞かせ、数時間。コティは一睡もできないまま、無情にも朝を迎えた。

眼の下にはどす黒い隈が浮かんでいる。

しかし朝一番に鏡で酷い顔色の自分を確かめたコティは、小躍りしながら歓声を上げた。

——人間だわ！　間違いなく人の形をしている……っ！

寝不足で肌が疲れ気味なのは、どうでもいい。そんな些末なことは気にならなかった。

問題は、毛深くもなければ、耳が三角でもなく尻尾も生えていないことである。

本当はもっと伸びてほしかった身長も、重いだけで何の利益ももたらさない乳房も、幼く見える顔立ちも、今朝ほど愛おしく感じられたことはなかった。

たいして好きでもない自分の顔をずっと眺めていたいくらいだ。

コティは何度も掌で全身を摩り、あちこち感触を確かめた。少しでも眼を離せば、そこから猫化するのではないかと不安でならなかったせいもある。

しかし幸いにもそれは杞憂だったらしい。

子どもたちに朝食を食べさせ、彼らと朝の掃除を終えても、コティの姿は人間のままだったのだから。

――もしや全部夢だった？　そうよね、人がいきなり猫になるわけがないもの。それも占い師さんにおまじないをかけられたからって、非現実的なことが起こるなんてあり得ない。私ったら、昨日はどうかしていたみたい。

少し年相応の落ち着きを身につけなくてはと、反省しながら子どもらの相手をしていると。

「コティ、貴女に来客よ」

「え、私に？」

手伝いに来てくれている中年女性に声をかけられ、コティは首を傾げた。

交友関係が狭い自分に、訪ねてくる相手の心当たりはない。ただ責任者である院長が不在の場合、長くここで暮らしているコティが代わりに対応を求められることもあった。

そして本日、朝から院長は会合があり出かけている。

――今日は約束があるとは聞いていないけれど……急な面会を希望する人もいるものね。

万が一、新たな子どもを受け入れてほしいなどの要請であれば、後回しにはできない。

せめて話を聞くくらいはしておこうと、コテイは子どもたちとお絵描きをしていた手を止めた。

「分かりました。すぐに行きます」

「うふふ。貴女も隅に置けないわねぇ」

「え？」

不可解な笑みを残し、呼びに来てくれた彼女は行ってしまった。

意味がよく分からない。だが客を待たせてはいけないと思い、コテイは急いで応接室へ向かった。

——今の、いったい何だったんだろう？　隅に置くって、何も置いていないのに……

彼女は時々コテイにはよく分からないことを言う。それでいて、『まだまだ子どもねぇ』と揶揄（からか）うのだ。

——私はもう立派な大人なのに。この孤児院を昔から手伝ってくれていて、子どもの時の私を知っているからって、いつまでも私を幼子扱いするのは、ひどいわ。

何となく面白くなく感じ、口を尖らせる。小さい頃の自分を知られており、オムツを替えてもらったこともあるせいか、彼女に対し強気には出られなかった。それがまた、少々悔しい。とは言え、そんな事情は来客には無関係だ。

「——お待たせして、申し訳ありません。本日院長様はあいにく席を外しておりまして、代わりに私がお話を伺わせていただきます」

応接室に入るなり、コティは深々と頭を下げた。第一印象は大切だ。若い女だと侮られることだけは回避しなくてはならない。

頼りなく見えないよう、落ち着いた動作を心掛ける。しかし頭を上げたコティは、その場で凍りついた。

「――え」

「院長に会いに来たわけではない。初めから君に会うため足を運んだ」

応接室の古びたソファーでは狭いのか、大柄の男が窮屈そうに座っていた。長い脚は持て余し気味に、テーブルを避けて曲げられている。いっそテーブルをずらせばいいのにと思ったのは、この際横に置いておく。

「な……何故ヴォルフガング様がここに……っ？」

今まで、外で偶然会うことはあっても、彼が孤児院へわざわざやって来たことはなかった。それも聞き間違いでなければ、院長に用があるのではなく、コティに会いに来たと言う。

ならば目的は一つではないか。

昨夜の復讐にきたのだと、コティは縮み上がった。

――こ、殺される……っ！

何せ自分は、彼を殴り倒してトンズラしたのだ。不法侵入及び痴漢行為どころの騒ぎではない。下手をしたら殺人未遂犯として捕縛される。それ以前に私的な報復を受ける可能性もあると思えば、全身の震えが抑えられなくなった。

――私……ここで死んじゃうの……？　素敵な恋を経験することもなく……ああ、勿論私がヴォルフガング様に暴力をふるってしまったのが悪いのは分かっている。だけど、あの時は恐ろしさのあまり、何も考えられなかったんだもの……！

だがしかし、恐怖で判断力が鈍ったことが、彼に怪我を負わせていい理由にはならない。

ここは許してもらえないとしても心を込めて真摯に謝らなければ。

覚悟を決めたコティは、大きく息を吸って謝罪の言葉を叫ぼうとした。

「このたびは――」

「責任を取らせてくれ」

「申し訳……ぇ、責任？」

取るべきなのは、こちらの方だ。どう考えても、加害者はコティだった。しかしヴォルフガングはひどく真剣な面持ちでじっとこちらを見つめてくる。その眼差しは、今までのギラついた凝視とは別ものだった。

「眼が覚めてから、深く考えた。俺がどうして床で眠っていたのかは思い出せないが、おかげで頭が冷え冷静に考えられるようになった。それで、君に対して償うには、これが一番だと結論付けた」

「……お話が……見えないのですが……」

彼の言わんとしていることが汲み取れない。

それでもコティに殴られて意識を失ったことは覚えていないようだと悟り、申し訳ないが安堵してしまった。

少なくともこの件で、お縄につかずに済むと思ったためだ。

――保身を図る私は醜（みにく）いけど、許されるなら犯罪者にはなりたくない。だって、ヴォルフガング様の部屋に入ったのも、裸になったのも、全部私の本意ではないもの……！

不幸な偶然の産物だ。ならば無実になりたいと熱望するのは当然だった。

「……昨夜のことを謝りたい」

「ヴォルフガング様が何故……？」

どう贔屓目に見ても、迷惑をかけたのはコティの側だ。謝らなければならないのは自分だろう。いくらあちこち許可なく触られ、あらぬところまで見られ、初めてのキスを奪われたとしても、全ては猫の姿だったので物の数には加えない。

あれらは根こそぎ、コティだけの秘密にすると固く誓った。

「……ひとまず、座ってくれないか？　さもなければ、俺が立とう」

本当にソファーから腰を上げそうなヴォルフガングを押し留め、コティはビクつきつつも向かいの席にちんまり座った。

　だが、すぐに逃げ出せるよう、背中を背もたれにはつけない。深く腰掛けることもなく、緊張感は途切れさせなかった。

「……眼を覚ましてから昨晩あったことを懸命に思い出そうと頑張ったが、申し訳ない。俺が君をベッドに引き摺り込んで裸に剝いた経緯はどうしても分からなかった……」

「えぇっ？」

　そんな事実はないのだから、思い出せなくて当たり前である。だがコティの驚愕の声を、彼は勘違いしたらしい。

「君が不快に思うのはもっともだ。男として、俺も自分が情けない……！　あんなことをしでかしておいて、全く記憶がないなんて……我ながらクソ野郎だ……！」

　――いいえ、端からないものを捻り出せという方が無茶です……そんな事実は元から存在しないのですから、ご自分を責めないでくださいませ……

　コティが言わねばならない慰めは、驚愕のあまり声にならなかった。ただ、頭の中でグルグル回っている。さながら体内でガンガンとぶつかって、言葉は脆く崩れていった。

「部屋で目覚め多少冷静になってから、室内を検めた……それで分かったのだが、どうやら未遂――だったようだな？」

「え、ぁ、はい？」

本気で意味が分からず、コティは間の抜けた表情のまま首を傾げた。

未遂。既遂の対義語。つまり何かを成せなかったということだ。

しかし何を？　さっぱり理解できず、大きな瞳を瞬くことしかできなかった。

「ベッドにも、その他の場所にも情交の跡はなかった。――――俺の身体的にも」

「……！」

僅かに頬を赤らめ、瞳を逸らしたヴォルフガングの横顔で全てを察した。

彼は二人の間に男女の関係がなかったと言っているのだ。無論、それは言うまでもなくコティが一番よく知っている。

何せ昨晩の自分は猫だった。人間の男といやらしいことができるはずがないではないか。

「そ、そ、そんなの当然じゃないですか……！」

奥手のコティは、そこまで考えていなかった。よもや自分とヴォルフガングとの間に肉体関係があったと思われていたなんて、想像の斜め上だ。そんな心配よりも、もっと別のことばかり気にかけていた。

突然部屋に現れた怪しい全裸女と疑われること、殴って逃げたこと、それから人間が猫に変化するという超常現象が露見することだ。

故に、彼が『自分がコティを襲ってしまった』と思い悩んでいるなんて、青天の霹靂同然だった。

「君が貞操を守り通してくれてよかった。だが俺の罪が消えたわけじゃない。結果的に最後まではしていなかった。それだけのことだ」

「貞操……最後まで……」

衝撃が強すぎて、コティの中でヴォルフガングの言葉がどれも上滑りしてゆく。右から左に流れていった台詞は聞き逃してはならない重要なものばかりなのに、指先からこぼれる砂と同じだった。

サラサラと落ちてゆくのを止められない。風に吹かれて霧散する。

残されたのは残骸とも呼べない虚しさだけだ。

「あ、あのっ、私たちの間には最初から何もなかったと申しますか……だいたいあの暗闇で何故、部屋にいたのが私だと確信していらっしゃるのですか……！」

月明かりもない宵闇で、はっきり顔の造作を認識できたとはとても思えなかった。だからこそコティも、逃げ出してしまえば何とかなると楽観できたのだ。

それなのに彼はちっとも疑うことなく、昨晩の女をコティであると確定しているらしい。どうしてだ。仮に『もしかして』と思い至っても、もう少し迷ってほしかった。

僅かでも惑いがあれば、言い逃れができる。強気に『それは私ではない』と断言してしまえば、ヴォルフガングだって揺らぐはず。

しかしこうも真っすぐに『昨夜の女はコティだった』を前提条件として語られては、上手い言い訳も思いつかない。

　逆に追い詰められたコティは、挙動不審を晒してしまった。

「違いますヨ……私じゃアリマセン……」

「今更、下手な嘘はいらない。俺の部屋で何かがあって、かつ真っ暗だったことを知っている時点で、本人でしかあり得ない」

「……っ！」

　自分を擁護しようと先走った結果、言わなくていいことまで口にしてしまった。語るに落ちた。自白である。

　コティは座っているのに倒れそうになり、懸命に背筋を伸ばした。

　今、意識を手放すのは得策ではない。気絶してうやむやにできるならやる価値はあるが、その程度の抵抗では彼が引き下がってくれない気配をビシバシ感じる。

　まかり間違えば、コティが心神喪失している間に、よりのっぴきならない状況に追いやられる予感がした。

　何と言うかヴォルフガングからは『目的を達するためには決して止まらない』空気が漂っているのだ。

　欲しいものは絶対に手に入れる意思の強さと言い換えてもいい。

　暴走する筋肉の塊を止める手立てなどあるはずがない。四方八方からグングン迫る巨大な壁の幻覚が見えた。コティの細腕で阻止するには備えが不充分だ。

　本能的に『負ける』と悟り、口元がヒクついた。

「俺が犯した罪は一生をかけて償う。君の心に負わせた傷を癒す手助けをさせてくれ」

「けけけ結構です……！」

　いらぬ献身と罪の意識だ。

　根底から間違っているのだから、ヴォルフガングが責任を取る必要はない。そして、コティ自身、そんなことは微塵も望んでいなかった。

　――待って、一生って何？　それってまるで……

「プロポーズじゃないですか……」

「そう思ってくれて、問題ない」

　無意識に考えが口から漏れ出てしまった。コティ自身、自らの声に驚いて唇を手で覆う。だが一度外に出た言葉の取り消しはきかない。

　大きく頷いた彼を前にし、コティは限界まで瞠目した。

「何を馬鹿なことを……！　問題、大ありですよっ」

「散々考えて、これが最も優れた結論だと思う。俺は、生涯を君に捧げて償い続けたい。それには結婚が一番望ましい形だろう。騎士として、傷つけた女性を一生守るのは当然のことだ。むしろそれを成せないなら、死んだ方がいい」

「あわわわ……」

解答が極端すぎる。とんでもない暴投を当てられた気分だ。けれど初めにえげつない球をヴォルフガングにぶつけたのは、紛れもなくコティである。

その後ろめたさもあり、コティは完全に思考停止してしまった。

――何故……こんなことに……

「すぐに返事をしろとは言わない。君にとって俺は顔も見たくない相手だろうからな……だが今日こうして会ってくれたのは、少しは希望があると思ってかまわないだろうか？」

「ひ、ゃ、そんにゃ……っ、いいえ、駄目です。償いなんていりません……っ」

辛うじて現実に立ち返ったコティは、もげそうなほどの勢いで首を横に振った。

本当に、遠慮でも偽りでもなく、償いなんて望んでいない。その上、一生なんて重すぎる。もはや自分に対する斬新な報復なのではないかと思ったほどだ。

「そうはいかない！　騎士たるもの、いかなる時も誠実であらねば。婦女子を搾取するなど、あってはならない！」

「お気持ちだけで充分です！」

間にあるテーブルを今にも乗り越えてきそうなヴォルフガングに恐れ戦き、コティは思い切り背中を背もたれに押しつけた。可能な限り距離を取りたくて仰け反るのに、身を乗り出した彼になけなしの空間を詰められる。

迫力が半端ない。ヴォルフガングの声が大きくよく通るせいもあって、クラクラと眩暈がした。

真剣すぎる眼差しは、鋭くコティを射貫いてくる。まさに獲物を狙う猛獣。牙を突き立てられる幻影がチラつき、一気にコティの血の気が引いていった。

――顔が険しすぎて、とても求婚しているようには見えないのだけど……っ？

「本当に……お気になさらず……」

怖い。

おそらく大嫌いな女に不本意な提案を持ち掛けなくてはならず、彼自身屈辱に塗(まみ)れているのだ。本来であれば、ヴォルフガングだってこんな馬鹿げたことを言いたいはずがない。

それでも理性で感情を抑え込み、『正しいこと』をなそうとしている。とても高潔な魂の持ち主なのは確かだった。

――でも本心では……

彼ならば片手一本でコティの首を絞め上げ、宙吊りにすることも可能だろう。腰に佩(は)いている剣で、一瞬のうちに胴と首を泣き別れさせることもできるに違いない。

この部屋には自分たち二人きり。

万が一何かがあっても、地位も金もある男の言い分に人々は耳を傾けるに決まっていた。

恐ろしい未来予想図を描き、瘧(おこり)に罹(かか)ったようにコティの全身が震える。勝手な妄想ではあるものの、一度思い浮かべればもう、眼前の男は『漲る殺意を、常軌を逸した理性で押さえつけている危うい人間』としか思えなくなった。

ヴォルフガングの赤い瞳の中に、半泣きの女が映っている。本格的に殺られる――――とコティが硬直していると。

「せめて名誉挽回の機会をくれ。こんな願いが言える立場ではないと重々承知しているが、このまま素知らぬ真似は断じてできない。俺の命と人生をかけ、君に償う」

「で、でも……っ」

この先、再びコティが猫に変わることがあるとしたら、年中傍にいられるのは困るのである。そんな特異体質の人間、魔女と言われ迫害されてもおかしくない。

民心を惑わせた邪悪な者として、火炙りにされるなんてごめんだ。しかもその場合、コティを捕まえる役を担うのは、町の治安を守っている第二騎士団団長たるヴォルフガングの可能性が一番高い。

つまり、コティが『猫になる』事実を最も隠さなければならない相手こそ、彼その人だった。

「やっぱり無理……」

「君が俺をどうしても許せず、受け入れられないと言うのなら、命をもって償うしかない。いっそ君の手で断罪してくれ」

「はいっ？」

欠片も冗談を感じさせない声音でヴォルフガングが宣言したので、コティは飛び上がるほど驚いた。

聞き間違いでないのなら、彼は『命をもって償う』と宣った。要約すれば、『断れば死ぬ』だ。それどころか『君の手で断罪してくれ』とまで。つまり――

――殺られる前に殺れってこと……？　え？　脅迫？　私、脅されているの……？

先ほどまで求婚されていた気がするのだが、一転、今度は拒否すれば死を匂わされていた。

ただの誤解なのに、嫌いな女と結婚して責任を取らねばならないと思い詰めるほど、騎士とはそんなにも高い志を持っているのか。

遠退く意識の下で、コティは敬意と絶望を同時に抱いた。

断る言葉を必死に探り、どこかに逃げ道はないかと視線を泳がせる。けれどその間にヴォルフガングから手を握り締められ、コティは啞然とした。

指先に落とされた刹那の口づけ。

呼吸も忘れ眺めること以外できずにいると、立ちあがった彼がコティの横へ移動してくる。手は、しっかりと握られたまま。無防備に見守ったのは、動揺で固まっていたからに他ならなかった。

「コテイ。どうか俺の心臓を受け取ってほしい。ヴォルフガング・ガーランドは、貴女に全てを捧げる。この命が尽きるまで」

「……っ？」

それは、騎士が贈る最上級の愛と忠誠を誓う台詞。

本来なら、主君に捧げるもの。または、求愛の言葉だ。この場合、間違いなく込められている意図は後者だった。

「う、受け取れません！」

「ならば捨てるしかない。心臓を抉り出して」

「え、抉……っ、待って！　それは駄目です、死んじゃいます！」

「君に拒まれれば、自動的にそうなる」

死か、責任感から嫌いな女と婚姻を結ぶかの二択だなんて、人生が厳しすぎる。もっと気楽に生きてくれ。

コテイは取られたままの手を取り戻そうとして引っ張ったが、彼に摑まれたままびくともしない。それどころか、ヴォルフガングの額に押しつけられた。

「や……っ」

「俺が君の夫に相応しいか否か、存分に見極めてくれ。受け入れても良いと君が思ってくれるまで、いつまででも待つ」

――それだと無制限一本勝負になって、つまり一生では……？

区切りを決めないのなら、終わりがない。コティがずっと拒み続けても、『お試し期間』が延長されるだけなのだ。

ならば永遠に付き纏うと宣言したのも同様だった。

「い、色々おかしいです……！」

「おかしくない。こんなことなら、初めから素直に行動すればよかった。どうせ遅いか早いかの違いだ」

「何をおっしゃりたいのか分かりませんが……っ？」

祈るように捧げ持たれていたコティの手が、少しだけ下へ導かれた。その行方を、呼吸も瞬きも忘れてただ見つめる。

不意に視線を上げた彼と目線が絡み、肩が跳ねる。大仰に反応してしまうコティへ苦笑を漏らしたヴォルフガングの唇が、ゆっくりと下りていった。

「……ぁ……」

ひっくり返された掌に押し当てられる生温かく柔らかなもの。その感触を、自分は知っている。

ただしあの時は、毛皮越しに感じただけ。

だから皮膚に直接落とされた唇の温もりと弾力が、ひどく生々しかった。

「駄目……っ」

男の舌先が、掠めるようにコティの肌を舐(な)める。触れるか触れないかギリギリの接触は、見えない分確かめようもなかった。自分の位置から確認できるのは、ヴォルフガングの後頭部だけ。ひょっとしたら舌が触れたと感じたのは、コティの勘違いかもしれない。

それほど淡い接触なのに、たちまちコティの全身が熱を孕んだ。

「……んっ」

掻痒感が艶めいた声を漏らさせる。

勝手にこぼれた吐息は、ひどく淫猥(いんわい)な色を孕(はら)んでいた。

チカチカと眼が眩(くら)む。けれど瞬きのために瞼を下ろすのも何だか怖い。その間に取って食われそうな予感がしたせいだろう。

瞳を逸らせば、捕まってしまう。見つめ合うのも恐ろしいのに、一度視界から彼を追い出したら、取り返しのつかないことになる気もした。

どうすればいいのか判断できず、凍りついたまま数秒。先に口を開いたのは、ヴォルフガングの方だった。

「……今日のところはいったん帰る。仕事の途中に抜け出してきたから、明日改めて君に会いに来よう」

「へっ？」

来なくていい。だいたい明日なんて、いつまででも待つと言うわりには、間隔が短い。もっと間を開けてもいいはずだ。日参すると宣言されたようで、コテイはドン引きになった。

——でもここで『来るな』と告げたら、ヴォルフガング様は心臓を……っ？　まさかそこまでしないと信じたいのに、この方ならやりかねない気もする……！

強い信念と行動力がなければ、何の後ろ盾もなかった平民が国中から英雄と称えられ、騎士団団長まで上り詰められるはずもない。

常人とは比べものにならない強靭な意志の力を持っているからこそ、成し遂げられたことだ。

だとしたら、『普通は流石にないでしょ』なんて常識は、当て嵌まるとは思えなかった。

——この方なら有言実行するかもしれない……いや、絶対にする……

とんでもない思い込みで、結婚か死かなんてあり得ない二択を天秤にかける人間だ。良くも悪くもまともではなかった。

——それでもヴォルフガング様と結婚なんて、とんでもない！　憧れの恋を経験することもなく、命の危機を感じながら生活するなんて私には無理……！

そこまで被虐趣味はない。

むしろコテイは安定志向なのだ。日々の潤いに緊張感は求めていなかった。

――昨晩、私たちの間に何もなかったことはヴォルフガング様も承知の上なのよね？　それなら私が彼に無理やり連れ込まれたのではないと分かってもらえれば、責任云々は考え直してもらえる……？

コティは瞬時に頭の中で計算した。

しかし、ならばどうしてあんな状況に陥ったのか説明がつかない。猫云々の話を抜きにして理解してもらえるとは、とても思えなかった。

いや、猫の話を加味しても意味不明だ。人が猫に変化する事実を隠すため下手に作り話を交えれば、更なる混乱を引き起こす未来しか見えなかった。

――詰んだ……！

一発逆転できる方策があるなら、誰か教えてほしい。今ならコティは首を垂れて頼み込むと断言する。できることは全てして、教えを乞うつもりだ。

しかし現実は無情。

そんな都合がいい方法が転がっているわけがない。

死か。結婚か。それはヴォルフガングだけでなく、コティにも突きつけられた選択だった。

――いいえ……私にとってはどちらを選んでも、『死』あるのみじゃない……！

「それじゃ、明日また」

大きな身体で騎士の礼をした彼は、きびきびとした足取りで帰っていった。どこか満足げなのはどういうことだ。

応接室に一人残されたコティは、立ちあがる気力もなくしばらく呆然とするより他にない。

——悪夢が、一向に覚めない……

手伝いの女性が呼びに来てくれるまで、そのまま指先一本動かせなかった。

3　女、再び猫になる

占い師さんを探そう。

思い悩んだコティが出した答えはそれだった。

ヴォルフガングとの結婚話はひとまず横に置いておいて、今一番大きな問題は猫化である。

実はあの後も再び額が妖しい熱を帯びた日があった。幸いにも自室に一人でいる夜だったのと、変化はしなかったことで最悪の事態は免れたけれど、今後も無事とは限らない。

いつまた何時、姿が猫になってしまうか分からないのだ。

これではまともな人間生活を送れない。もし他人にバレたら……と想像するだけでコティの背筋が震えた。

よくて見世物、悪ければ魔女として火炙りだ。

――それに次もう一度猫になったら、戻れなくなる恐れもあるのでは……？

氷を背中に入れられたかの如くゾッとする。

ということで、コティは平穏な暮らしを守るため、全ての元凶と思しき占い師を探し出すことを決意した。

同じように彼女を探していたあの酔っ払いと、また遭遇するかもしれないのは怖かったけれど、猫化の不安を抱えたまま過ごすのも嫌だ。

その上、『占い師を探す』目的に没頭することで、ヴォルフガングとの厄介な問題を後回しにする思惑もあった。

考えなければいけない案件が多すぎて、到底全ては抱えきれない。ならば一つずつ解決してゆくことで、『前に進んでいる』気分を噛み締めたかった。

そんな複雑な思いでいっぱいになりながら、今日のコティは市場を巡回している。どうかまだ国に帰っていないでくれと願いつつ、手当たり次第に『異国出身らしき水晶占い師を知らないか』と問いかけて回った。

ちなみに今日もヴォルフガングが孤児院へやってくると言っていたが、それは華麗に躱してある。そもそも初めから約束をしているのではなく、言ってみれば一方的なものだ。

手伝いの女性には、『本日コティは体調不良』と告げ、こっそり部屋を抜け出していた。

――嘘を吐くのは心苦しいけれど……これもある意味ヴォルフガング様のためだし、

大目に見てもらおう……

結果的に彼は『死』か『嫌いな女との結婚』かのどちらも選ばずに済む。

ピシッと求婚を拒むと即血塗れの様相を呈しそうでこれまで曖昧に濁してきたが、時間を稼げばヴォルフガングだって冷静になるかもしれない。

そうすれば実害がなかったのに責任をとって婚姻までする必要があるのか、疑問を持ってくれるのではないか。そうでなくても彼がコティを無理やり連れ込んだのではないと思い出してくれる可能性もあった。

――ここはとにかくお互いに考える時間を稼がなくちゃ……！

物理的な距離感が、ヴォルフガングを落ち着かせてくれるに違いない。強引にでもそうであってくれと信じたかった。

コティはフードを目深に被り、市場を歩く。途中、あの女性と同じ国の出身と思われる人には、特に念入りに聞き込みをした。

だが収穫は今のところゼロ。

誰一人、あの日机と水晶玉だけで占いの店を営んでいた女性について情報を持っておらず、めぼしい話は聞けなかった。

――たった一日で見つかるとは思っていなかったけど……こんなにも空振りばかりじゃ、流石に辛い……

普通は何度か市場へ通っていれば、それなりに知り合いができるものだ。大抵の商人は、同じ場所に簡易店舗を出したがる。その方が顧客が付きやすく、揉め事も少ないからだ。

しかしあの日彼女が出店していた周辺の人たちに聞いてみても、有力な手掛かりは得られなかった。

――あの日に初めて店を出した方だったのかな……そしてもう、隣国に帰ってしまった……？

だとしたら絶望的だ。次に行商人たちがやって来る日を待つしかない。

「早くても約三カ月後……？　それに、もしその日になってもあの人がここへやってこなかったら……」

悪い想像が膨らんで、こぼれたのは溜め息。

コティは重い足取りで噴水付近へ移動した。

――少し座って休もうかな……疲れちゃった。

何度も市場を往復し、酷使した足の裏が痛い。仮に彼女を見つけ出せても、猫化に関して解決しない可能性があるが、その点はあえて考えないことにする。

足首を回し、ふと視線を上げた先に。

――え……っ
かなり離れた位置からではあったが、見間違いようもない黒髪短髪の大男がこちらを鋭く見据えていた。しかも遠目でも分かる、一般団員のものではない騎士服。

相手が誰だか頭が理解する前に、コティは素早く立ちあがり逆方向へ駆け出した。

——どうしてヴォルフガング様がこんなところにいるの……っ？

体調が悪いと伝言して面会を断った手前、外で遭遇するなどあってはならない事態だ。もし捕まれば尋問は避けられまい。

コティは人込みを縫って必死に走った。しかし背後からは野生動物に追いかけられるような気配が伝わってくる。「ちょっ」「何だ？」「わッ」などの声が聞こえてくることからも、彼が迫ってきていることが窺えた。

——あんなに大きな身体なのに、何て速さなの……っ？

足音が瞬く間に接近してくる。大勢の人に紛れて姿を眩ませようとしても、着実に距離を縮められているのは確実だった。

——どうしよう、もっと人が多いところへ行く？

もしくはどこかに隠れるか。迷ったコティが視線を巡らせた刹那、額が苛烈（かれつ）な熱を放った。

「あ……ッ！」

これは紛れもなく『前兆』だ。姿が変わる際の前触れ。しかも不発に終わった時よりもずっと熱くて疼きが強い。ビリビリと指先まで痺れてゆく。つまり『猫になる』と本能が警鐘を鳴らしているのだ。

――だ、駄目……こんな大勢の人がいるところで……！

あの酔っ払いに絡まれることを恐れ、ひと気のない場所は避けていたが、もう贅沢は言っていられない。猫になるのを人に見られる方が一大事だ。

コティは大慌てで裏路地へ曲がり、できるだけ誰もいない場所を目指した。願わくは、しばらく身を潜められるところがいい。

――廃屋や、借り手のついていない家とか……！

今日は雨の心配はなさそうだが、どれくらいの時間隠れていなければならないか不透明だ。それに人間に戻った際には全裸になってしまう。人目を避けたいと願うのは当然の成り行きだった。

――どうしよう……っ

なかなか理想通りの建物は見つからない。あっても、当然鍵がかかっている。焦る間にも、コティの額はどんどん熱を持っていった。

――駄目……もう時間がない……っ

咄嗟に眼についた家の裏手に回り、生えていた木の根元に屈み込む。大通りからは完全に死角になっていた。わざわざ回り込み覗かなければ、人目につくことはないだろう。

そのことにホッとしていると、コティの身体がみるみる変化し始めた。

――あ……っ

手足が縮み体毛が生え揃う。耳の位置が変わり目線がどんどん低くなった。骨格が変化して、しゃがんでいるのが難しくなる。五感の全てが塗り替えられ、音の聞こえ方、視野や色、吸い込む空気の匂いも一変した。

横に伸びた髭が風を感じ取る。長い尾が地面を撫でる。大地を踏みしめた肉球は、靴越しでは得られない感触を伝えてきた。

「ぅ……あ……っ」

全ての変化が終わった時には、コティは四つ足でその場に佇んでいた。

あちこち触って確かめるまでもない。二度目の変身は、予想していたよりも冷静に受け止めることができた。

――ああ……今度は半日もかからず戻れるといいんだけど……――まさか、このまなんてことはないよね……？

ゾッと震えた瞬間、全身の毛が逆立った。

とりあえず今後のために、服や靴を大木と壁の間に隠す。確かこの家の主は高齢の男性でほとんど外へも出ないから、滅多に家の裏側へはやってこないはずだ。持ち主不明の衣類を発見し、騒ぎになる可能性は低かった。その点だけが救いである。

――さて、これからどうしよう……

人間の姿に戻れるまで、じっとここにいようか。それが最も安全かもしれない。どうせ孤児院には戻れず、どこにも行き場はないのだ。コティは悄然と俯き、長期戦を覚悟した。

のだが。

「――またお前か」

「にゃっ？」

沈鬱な気分に浸っていたコティは、前触れもなく抱き上げられて眼を見開いた。

大きな手は、猫の身体などいとも簡単に持ち上げてくる。

ヴォルフガングの眼の高さまで抱え上げられ、コティはポカンと口を開いた。

――隠れていたのに、どうしてあっさり見つかるの……

「お前、こっちに小柄で薄茶の髪に水色の瞳を持つ女性が走って来なかったか？　たった今、確かに入るのを見たんだが」

「ウにゃッ」

無事振り切れたと思い込み、油断していた。実際には変化するのを、間一髪見られなかっただけらしい。

――危なかった……あともう少し遅かったら、大変なことになっていた……

ゾゾゾと背筋が戦慄く。

とても至近距離で彼と視線を合わせる勇気はない。今の猫姿でコティ本人だと認識されるとは思えないものの、用心した方がいいだろう。

魔女として火炙りになるのも、檻に入れられ見世物になるのもごめんである。

コティがジタバタと手脚を動かしていると、ヴォルフガングが下に下ろしてくれた。

――逃げなきゃ……！

「お前、やっぱり実在したんだな。この前拾った記憶があるのに消えていたから、それすら俺の妄想か勘違いだと思ったぞ」

速やかに逃亡しようとしていたコティの足が止まる。怖々彼を振り返ると、ヴォルフガングが傍らにしゃがみ込んできた。

「だけどお前が現実だとしたら、何故彼女と入れ替わるように跡形もなく部屋から消えたんだ……？」

――不味い。

その点を深く考えられては困る。思い出してほしいのは、そこじゃない。むしろ矛盾だらけの話に疑問を持たれては厄介なのだ。

「うーん……やはり俺の記憶に欠落があるのか？　お前を連れ帰って横になり、目覚めたら彼女を抱きしめていたままでが繋がらない……」

それはそうだろう。一応連続性があっても現実味はないのだから。

眉間に皺を寄せ、彼は真剣に考え込む。どうにかしてあの夜のことを思い出そうとしているのは、明白だった。

「まるで、猫が消えて入れ替わりに彼女が現れたみたいだな。いや、と言うよりも――」

「にゃにゃいッ」

これ以上考察されては堪らないと、コティはその場に腹を見せて転がった。こうなったら、小さな矜持などかなぐり捨てて媚作戦だ。

猫好きなら無視できない『あざとく可愛い仕草』で『撫でてもいいのよ？』と誘いをかける。

柔らかに肢体をくねらせ、自らの尻尾を齧ってみせた。勿論、まん丸の眼でヴォルフガングを見つめ続けることは怠らない。更にはちょいちょいっと前脚を蠢かせ、男の視線を釘付けにすることに成功した。

人間であれば土の上で転げまわるなんてあり得ないけれど、猫であれば許される。むしろ可愛いしかない。

案の定彼は、険しかった表情を締まりのないものへ変えた。

「お前、狡いぞ。そんな風に愛らしいところを見せられたら、無視できないじゃないか」

「にゃぅぅん」

まさに猫撫で声を漏らし、自分でも頬が引き攣りそうになったが、そこは全力で見てみぬふりだ。

ヴォルフガングが口元を綻ばせたまま、コティの腹をワッシャワッシャと撫でてくる。

裸の、腹を。

上から下まで撫でくり回された。

――ううん、深く考えたら私の負けよ……！　これは命を懸けた重大な駆け引きなんだから……っ！

己の眼がやや死んでいたのはご愛敬。捨て身の作戦で、彼の意識を逸らせたのなら、万々歳だ。泣いてなんていない。

「毛艶がいい。やはり飼い猫だな。怪我はしていないし痩せ細ってもいないから、あの後ちゃんと飼い主のもとへ帰れたんだな。よかった」

――心配してくれるなんて……人間の私に対する当たりは強めでおかしいけれど、本当に猫に関しては親切な方なのね。

触れてくる手つきも、多少力加減が強めだが優しい。不覚にも、気持ちいいと感じてしまうほどだ。

コティは無意識に喉をゴロゴロ鳴らし、つい大きな掌を受け入れる。くいっと顎を上げれば絶妙な位置を擽られ、体勢を傾ければ望んだとおりの場所を撫でてもらえた。

まるで以心伝心。

それを心地いいと思っていることには気づかず、いつしかご機嫌でコティはヴォルフガングの手にじゃれついた。それを上手く躱しながら、彼は巧みに猫の全身を撫で蕩けさせてくる。只者ではない。

「――さて、今日はちゃんと飼い主のもとへ帰るんだぞ。俺は彼女を探さなくちゃならない」

しかし満足して立ちあがった彼が追跡発言をしたものだから、コティもシュバッと起き上がった。

「ニャッ」

「人を探しているんだ。体調が悪いらしいのに出歩くなんて……何としても見つけて連れ帰らないと」

――勘弁してください。

捕獲すると宣言され、コティは眼前が真っ暗になる錯覚に襲われた。捕まったらどんな報復が待っていることやら。嘘を吐いた手前、罪悪感も半端ない。

――どうにかしてヴォルフガング様を足止めしなくちゃ……！

実際のところコティは猫になってここにいるのだから、彼が自分を見つけて捕まえることは絶対にないのだ。しかし混乱したコティは、そんな簡単なことも咄嗟に分からなくなっていた。

見つかりたくない、捕まりたくない気持ちが先走り、冷静に考えられなくなっている。あらゆる手を使ってヴォルフガングを行かせてなるものかと、明後日の方向へ思考が暴走した。

――引き留めるのよ。ここからどこへも行きたくなくなるように……！

「んなぅ」

彼の長靴（ちょうか）にすりすりと顔を擦りつけ、更には尻尾を脚に巻きつけた。『行かないで』と分かりやすく伝えてみる。

潤む大きな瞳で見上げれば完璧だ。じっとこちらを見下ろしてきたヴォルフガングは、デレッと相好を崩した。

「何だお前、遊び足りないのか？」

――正直遊びは充分ですが、ここから先へは行かせません！　あと、そんな表情をされるなんて、驚きです。

再びしゃがんでくれた彼へ鼻をフスフスさせながらコティが接近すると、ヴォルフガングはますます笑みを深めた。

「よしよし」

「ニャウッ？」

また腹を撫でさせ足止めしようと企（たくら）んでいたコティは、転がる前に動きを阻まれた。それどころか、雷に打たれたように動けなくなる。

理由は、尻尾の付け根を彼が指先でトントンと叩いてきたからだ。

「にゃっ、ニャッ」

――な、何これぇ……っ？

これまで味わったことのない感覚が末端まで行き渡る。不思議なことに舌がペロペロと出てしまうのを止められない。

決して強い力で刺激されているわけではないのに、未知の衝撃がコティの全身を駆け巡った。

「なぅっ、なっ」

「お前もここが気持ちいいのか？　ここをトントンされるのが好きなニャンコ、多いんだよな」

――気持ちいい……？

これが快感なのかも理解できなかったコティは狼狽した。

だがその間にも、トントンは止まらない。しかもコティの意思とは無関係に、身体は勝手に尻を高々と持ち上げて『もっと』とお強請（ねだ）りしていた。

冷静に考えたら、途轍もなく羞恥を煽る格好だ。けれどやめられない。

――こんなお尻だけ掲げた体勢なんて恥ずかしいのに、駄目、癖になっちゃう……！

新しい世界に続く禁断の扉が開いちゃいそう……っ！

　理性を本能が上回る。いつもよりも自制が利かない。

　貪欲に悦楽を求め、コティは甘えた声を漏らした。もしも人間の姿であったなら、顔を真っ赤にして、さぞや淫らに表情を蕩けさせていたことだろう。

「にゃにゃにゃ……っ」

「ああ……本当に可愛いな、お前……もし主人がいないなら、俺が飼いたい。そうしたら彼女そっくりのこの毛並みを思う存分撫で、綺麗なアイスブルーの瞳を愛(め)でて、いつまでだってこうして喘(あえ)がせてやるのに……」

　何だか、大層いやらしいことを言われた気がする。猫なのに。

「ん……にゃ……っ」

　フルフルッと身を震わせると、コティはヴォルフガングに抱き上げられた。すっかり骨抜きにされ、もはやグデングデンだ。液体のように弛緩し、夢見心地のまま分厚い胸板に寄りかかった。

「クソッ、連れて帰りたいな……飼い主を見つけて、譲ってくれと交渉するか……？」

　――いや、それは丁重にお断りします。

　恐ろしい台詞に意識を取り戻したコティは、ヌルッと彼の腕から逃げ出した。音もなく地面に着地して、速やかに距離を取る。快感の余韻(よいん)で、尻尾がビビビッと痙攣(けいれん)した。

「行くのか？　本当に猫は気まぐれだな。まぁそこが可愛いんだが」

相手が猫であれば何でも許してしまいそうな風情で、ヴォルフガングは苦笑した。そんな笑顔も、普段コティに向けられるものとは段違いに温かみがある。

——私にもそういう表情を見せてくれたらいいのに……そうしたら——

何が変わるということもないが、少なくとも彼への怯えは払拭されるに違いない。そして、きっと嬉しいと感じるだろう自分に、コティはふと気がつき戸惑った。

——私、変なことを考えている。

自分でもよく分からない。ヴォルフガングとの繋がりは歪かつか細いもので、それを変えたいとは特に願っていなかった。

けれど今は、気持ちが揺らいでいる。

彼がどんな風に笑い、優しく触れるのかを知り、せめてごく普通に接してほしいと感じるように変わっていた。

猫に向ける温かな眼差しの半分でもいい。睨まれるよりは見つめられたい。

気軽に話してもらえるなら、もっと嬉しい。触れてくる手が心地いいと気づいてしまった今、彼に対する評価は変わりつつあった。

——もし、このまま人間に戻れなかったら——ヴォルフガング様に飼ってもらおうか……なんて、ね。

馬鹿げた妄想がちらりと擡(もた)げる。

しかしそれを一笑にふせない程度には、本気も交じっていた。

「みゃぅ……」

「お前、案外甘えん坊だな」

伸びあがり舐めた男の頬は、ほんの少しだけしょっぱかった。

「ははっ、少し懐いてくれたみたいだな。それとも一度気を許すとそうなるのか？」

背筋を撫でられ、伸びの体勢になる。思い切り背筋を反らせば、人の身体では感じられない充足感があった。

「だが、あまり無防備になっては駄目だぞ。全ての人間が善人や猫好ではないからな。追い払われるだけならまだいいが、中には危害を加えてくる奴もいる。餌(えさ)をくれるからと言って、ホイホイついていったら危ない」

「ウニャッ」

——そんなことしません。これでも私は妙齢の乙女です。ご飯に釣られて見知らぬ人についていくわけがありません。

心外である。

ヴォルフガングには今のコティが猫にしか見えていないのだから当然の心配かもしれないが、こちらの自尊心はひどく傷ついた。

——私、そこまでお馬鹿さんでも、尻軽でもないわ。

まるで誘われたら相手がどんな男でもついていくと疑われた気分だ。いささか苛立ち、コティはプイッと横を向いた。尻尾は勝手にタシンタシンと地面へ打ちつけられている。

「近頃、毒入りの餌があちこちに仕掛けられているらしい。お前も気を付けろよ」

「にゃにゃっ」

——拾い食いなんてしませんってば！

不快感が大きくなり、コティは牙を剝き体勢を低く構えて、慣れない威嚇を試みる。それなのに彼は笑うばかりでちっとも反省の色がなかった。悔しい。いっそ嚙みついてやろうか。

「——団長、声が聞こえたから回り込んでみたら……こんなところで何をされていらっしゃるんですか？」

今まさに『シャーッ』を繰り出そうとした時、背後から控えめな声がかけられた。

振り返れば、騎士服に身を包んだ若い男性が困惑の表情を浮かべている。しゃがんだヴォルフガングと猫のコティとの間で視線を往復させ、より戸惑いの顔になった。

「え……まさか猫としゃべっていたんですか？」

考えてみれば、人間と猫で会話が成立するはずはない。しかしコティとしては普通に相槌を打っている気分だった。それはヴォルフガングがあまりにも自然に話しかけてくるためだ。

動物が人語を解するわけがないのに、彼はずっとコティへ語りかけてくる。その不自然さを、こちらもすっかり失念していた。

第三者から見れば、大層異様な光景だろう。

しかもヴォルフガングは強く逞しい国民の憧れ、『最強騎士』様だ。

寡黙で、仲間といても滅多に笑わない、どちらかと言えば気難しく厳しい空気を纏っている――そんな人だった。

だからこそ猫相手に雄弁に語っている姿は、部下を戸惑わせたのだろう。青年は頬を引き攣らせ、「え？」を繰り返していた。

――その気持ち、分かるわ……年齢性別関係なく動物好きな方は大勢いるけれど、ヴォルフガング様は何故か似合わないのよね……ただの偏見だけど、小動物を愛玩する姿が想像できなかった。――今は、まぁ……うん……

騎士団宿舎に連れていかれた夜、ヴォルフガングは猫のコティを誰にも見つからないよう細心の注意を払っていた。懐に忍ばせたまま、決して人目に触れさせず室内へ入れたのだ。

それはつまり、本人も『大の猫好き』を周囲に知られたくないと考えているからではないか。

――騎士団宿舎の部屋が、動物禁止だった可能性もあるけど……部下の方の反応を見ると、やっぱり――

ならばこの状況はヴォルフガングにとって窮地も同然。いったいどうやって切り抜けるつもりかと、コティは彼を窺った。好奇心半分、助け船を出した方がいいのか案じる気持ちが半分だ。いざとなればひと暴れして、この場をうやむやにしてやるつもりだった。

「――……聞き間違いじゃないのか？　俺は特に声を出していなかったが？」

しかしこちらの心配をよそに、姿勢よく立ちあがったヴォルフガングが低く平板な声音で言い放つ。先ほどまでの甘ったるい響きとは全く違う。

　笑顔の名残もない表情は、固く口元が引き結ばれ、眉間には深い皺が寄っていた。瞳には鋭い光だけが宿っている。

――ね、猫と対峙している時とは、別人なんですが……でもこれこそ、私がよく知っていたヴォルフガング様の姿だわ……

愛想の欠片もない仏頂面。話しかけるなのオーラを駄々洩れにし、気軽に触れるなど以ての外。とにかく全身で他者を威圧する大柄な男が、そこにいた。

「えッ、僕の勘違いですね。すみません！」

ヴォルフガングの圧倒的な覇気(はき)に気圧(けお)されたのか、青年は早々に心が折れたらしい。深々と頭を下げ、下手をしたら土下座でもしそうな勢いである。

その様子を傲然と見下ろすヴォルフガングは、何事もなかったように顎をしゃくった。

「もういい。早く持ち場へ戻れ。俺は少し気になることを確かめてから行く」

「はっ、失礼いたしました！」

回れ右した部下は小走りし、あっという間に姿が見えなくなる。その足音も聞こえなくなった後、突然ヴォルフガングがガクッとその場に膝をついた。

「ふぎゃっ？」

——ど、どうしましたっ？

「……危なかった……極度のニャンコ好きがバレるところだった……」

——あ、やっぱり知られたくなかったんですね……

彼の耳が真っ赤に染まっている。それどころか、首から上は完全に上気していた。乱暴に顔を擦る手もやや血色がいい。表情は険しいままだが、照れているのは明らかだった。

——先刻までは平然としていたのに……部下の手前、見栄を張っていたの……？

少しだけ可愛い。

コティの胸がキュンッと疼く。三角の耳がピクピク動いた。

「別に猫好きな騎士は他にいくらでもいるし、そのことはちっとも悪くないんだが……流石に、その……デレデレと話しかけている姿は見られたくない……」

——デレデレしている自覚が、あったんですね……

コティの鼓動がますます速まる理由は何故だろう。人よりも速い猫の心音は、今や忙しなく高鳴っていた。

「俺は名家の出じゃないし、大半の者は身分の低さを気にしないが、中には内心面白くない奴もいる。だから極力、侮（あなど）られる要因は排除しておきたいんだ。これから先、平民から上を目指す奴らのためにも……俺が模範となって『出自は関係ない』と示せば、必ず他の者にも道が開ける――だけどごめんな、お前を蔑ろにしたみたいで」

――ああ……そういうこと……

コティはヴォルフガングの抱える懊悩（おうのう）を垣間見た気がした。

破竹の勢いで頭角を現し、報奨や身分を得たとしても、当然それをよく思わない者もいる。それが主に、上流階級であろうことは想像に難くない。

もともと特権階級に属する者にとっては、彼の存在は自分たちの既得権益を脅（おびや）かすと感じるのだろう。中には足を引っ張ろうと狙っている輩がいても、不思議はなかった。

だからこそ、ヴォルフガングは小さな弱みも見せないよう、常に気を張っている。政治的なことなど興味がない戦闘狂かと誤解していたが、違う。

彼は自分が矢面に立つことで、後に続くだろう人々を守っているのだ。

平民であっても努力次第で上へ登れるのだと、道筋をつけるために。

――だけど貴方はそんな中でも、猫でしかない私に話しかけてくれるし、気を遣い尊重してくれるんですね……

猫と親しくしゃべっていた気恥ずかしさもあるようだが、それ以上に体裁と未来の仲間を気にし、かつコティのことにまで気を配ってくれたのか。

その思いが、じんわりコティの胸を温もらせた。

ヴォルフガングは間違いなく優しい人だ。そして誠実さと聡明さも持ち合わせている。武力だけの人間ではない。

小さな命を慈しみ、将来的なことを見据える眼も持っていた。

だからこそ慣例を打ち破り、若くして第二騎士団団長まで上り詰めたのだ。

——国の英雄は伊達じゃないんだ……素晴らしい方だわ。

尊敬がコティの胸に宿る。だが同時に、そんな非の打ち所がない人に自分は何故か嫌われている事実を思い出して、気分が沈んだ。

——私、ヴォルフガング様に嫌がられることをした覚えはないのにな……どうしてだろう？

急激に悲しくなり、コティは深く息を吐いた。

「それじゃ、俺はそろそろ行く。お前は早く飼い主のもとに帰れ」

「にゃぁ……ん」

「はは、返事をするなんて、本当に俺の言葉が分かっているみたいだ」

手を振って去ってゆく彼を見送り、コティはモヤつく心を押し込めた。すると、覚えのある疼きが再び額を震わせる。

——あ……っ、戻る……！

今回は変化の間隔が随分短い。だが人間に戻れるなら大歓迎だ。

コティは咄嗟に周囲を見回し、人目がないことを確認する。幸いにも誰もいない。木の根元に身を潜ませれば、身体が形を変えるのは一瞬だった。

——何だか段々変身するのが滑らかになっているような……

ほんの数呼吸の間に人の形に戻った手足を見下ろし、慣れつつある自分が怖くなってくる。今だって、妙に素早く服を身につけ、何事もなかったふりができる程度には落ち着いていた。

——こんな奇想天外な現象に慣れたくないのに。

こうなったら一日も早くあの占い師を探し出さなくては。

いつか自分が平気で猫の姿を満喫するような図太さを獲得してしまう前に、完全な人間に戻らなくてはならない。

全ては安心して暮らすため。それだけだ。

これまで知らなかったヴォルフガングの別の顔を、もっと知りたいようなこれ以上深入りしたくないような、微妙な気持ちを持て余しているからでは絶対にない——とコティは何度も繰り返し己に言い聞かせた。


その後も、コティの猫化は数回起こった。時間も場所も規則性はない。

また、猫でいる時間もまちまちである。

ただ気のせいかもしれないけれど、ヴォルフガングと関わる際に変化することが多い気がした。例えば会った前後など。

偶然だと断じるには、情報が不充分で警戒するに越したことはない。

そこで当然の成り行きとして、コティは彼をますます避けるようになった。

もともとさほど外出する機会は多くないため、極力出歩く回数を減らしても困らない。そうすれば『ばったり顔を合わせる』ことは回避できる。

しかしヴォルフガングが孤児院へ押しかけてくることは、防ぎようもなかった。

「……最近、忙しいのか？」

「……ヴォルフガング様こそ、お忙しいのではありませんか？　間もなく隣国の行商人が来る時期ですよね。市場の警備など大変ではありませんか。私にかまけている暇はないと思います」

三カ月に一度やってくる彼らだが、今回は特に賑わうことが予想できた。

一年のうちで最も気候がよく、様々な農作物の収穫期を迎えた後だからだ。この時期はいつも以上に大勢の行商人がやってきて、珍しいものや新しいものが流通する。

その分、揉め事も増えるため騎士団の仕事も倍増するはずだった。

ちなみにコティは、あの占い師を探すのを一時中断している。どうやら彼女は既にこの国にはいないと判断したからだ。

狙いは次に行商人たちがやってくる期間。前回よりも人出が見込める分、きっと彼女も現れると踏んでいた。

「警備体制は万全に整えている。何も問題ない」

「そう、ですか」

会話終了。以降は沈黙だけが降り積もる。

孤児院の応接室で向き合って、気まずい時間がすぎていった。

彼は相変わらず不機嫌そうな仏頂面だ。欠片も綻ばない口元は、必要最低限の言葉しか発さない。

そんな状況で、コティが饒舌になれるはずがなかった。

――ヴォルフガング様はこうして時間を見つけては私に会いにいらっしゃるけど……ちっとも、これっぽっちも、微塵も距離が縮まったとは思えない。だいたいこの方に、私と親しくなるつもりは、本当にあるのかしら……

正直甚だ疑問だ。一度も会話が弾んだことはなく、時間が来れば帰ってゆくのを繰り返され、義務的に足を運んでいるとしか思えない。

まさに『嫌々』の言葉が相応しい。だったらそこまで無理をしなくてもと思う。けれど彼が来たと言われると、コティが面会を断る気になれないのも、また事実だった。

――以前みたいに仮病を使って、バレたら困るもの……つい会ってしまうのは、それだけの理由よ。

言い訳めいた台詞を頭の中で連呼して、置きどころのない両手を膝の上で握り締めた。

猫の時には色々話しかけてくれるヴォルフガングが、人間のコティには一問一答のような質問しかしてこない。

何なら『はい』『いいえ』で終わってしまうことも珍しくなかった。故に今日はまだ、会話が続いた方だ。

――こんな不毛な面談、いつまで続けるつもりなの？　まさか本気で、一生？

近頃は彼が頻繁（ひんぱん）にここへやってくるため、色々囁（ささや）かれているらしい。孤児院に出入りしている手伝いの女性陣などは、もはやコティとヴォルフガングが交際していると信じて疑っていないようだ。

きっとこの分では、騎士団や街中でも噂が広まっているのではないだろうか。

――そんなの困る……ヴォルフガング様は侮られる要因を排除したいとおっしゃって

いたもの。だったら、平民の私なんかと妙な噂が立ったら、彼の弱みになりかねないんじゃない……？

上流階級のことは自分にはよく分からないけれど、同じ階層の人間同士で付き合うのがいいことくらいは、コティも理解していた。

先々を見据えている彼ならば、今後のために後ろ盾になる実家を持つ女性を妻に迎えた方がいいに決まっている。それでこそ、地位を盤石なものにできるだろう。

――私じゃ、何も力になれない。

嫌われている上に足を引っ張る妻なんて、笑い話としても最悪だ。それならこうして二人で会うことは完全に時間の無駄としか思えず、コティは暗い面持ちで身じろいだ。

――ヴォルフガング様にこれ以上疎まれたくはないな……

「……その、今度一緒にどこかへ行かないか」

「え？」

沈黙に耐え切れなくなってきた頃、突然ヴォルフガングが切り出した。

こんな風に誘われるのは、初めてのことだ。あまりにも驚いて、咄嗟に返事が出てこなかった。

「次の俺の休みに、食事でも……あ、女性に人気がある舞台のチケットをもらった。よかったら――」

「私と、ですか？」

「他に誰を誘っていると？」

むっつりとした彼の表情は、ややもすれば気分を害したように見えた。しかし緊張しているとも解釈できる。それに眉間の皺はいつものことだ。

微かに揺らぐ瞳には、殺意よりも不安が滲んでいる気がしたのは、コティの見間違いだろうか。

──食事に観劇の誘いなんて……まるで恋人の逢瀬（おうせ）みたいじゃない……？

驚愕が大きすぎてコティがよくよくヴォルフガングを観察すれば、彼の耳が仄かに朱を帯びた。目尻も薄っすら赤く染まっている。

さながら、いつかの出来事のよう。

部下に猫としゃべっているのを目撃されかけ、照れていたヴォルフガングを思い出す。

もしや今も恥ずかしさを押し殺しているのか。

──ひょっとして、まさか……私はそこまで嫌われていない……？

嫌で堪らない女と渋々付き合うなら、わざわざ外で会おうと提案しないと思う。余計噂が広がって、収拾がつかなくなるに決まっている。しかも憮然（ぶぜん）とするのではなく、羞恥に染まった顔色を懸命に隠そうとするだろうか。

これまで確実に疎まれていると思い込んできたから気付かなかったけれど、彼のコティに対する嫌悪感が薄まってきているとしたら。

――もしそうだったら……嬉しい。

嫌われるよりは普通になりたい。いや、むしろ――好かれたいと明確に感じた。

猫の姿になった時だけでなく、人間の姿で触れ合うことができたなら――

「――お話中のところ申し訳ない、失礼しますね」

「え」

突然のノックと共に開かれた扉の向こうには、何故か院長が立っていた。予想外の人物の登場に、コティの思考は中断させられる。

「い、院長様？　会合に行かれていたのではなかったんですか？」

「たった今、戻りました」

驚くコティを尻目に、彼は柔和な笑みを湛え、にこやかに頭を下げた。そして応接室に入ってくる。

「お邪魔をしてすみません、ヴォルフガング様。ですがうちのコティはうら若き乙女です。せめて扉は開けたままにしていただけると、大変助かります。それが一般的な常識であり礼儀ですから」

「院長様……！」

矢継ぎ早に繰り出された言葉は、やや失礼な言い方だった。確かに礼儀としてはその通りなのだが、ヴォルフガングは騎士だ。不埒な真似などするはずもない。

その上、言外に『平民出身の貴方は知らないかもしれませんが』と匂わされた気もした。棘を感じたのは、深読みのしすぎか。いつも通りに柔和な様子の院長を見ていると、こちらが過敏になっているだけとも思えた。

――――でも、貴族ならともかく私も平民だし、そこまで礼儀作法を気にする必要はないのに……っ
しかしよく考えてみれば、院長は貴族階級出身。彼の常識に当て嵌めてみると、未婚の男女が二人きりで密室にいるのを、良しとしなかったのかもしれない。自分の管理する場所で問題を起こされては困るとみなしても、不思議はなかった。

「……俺の配慮が足りませんでした。申し訳ない」

ソファーから立ちあがったヴォルフガングが深々と腰を折る。すると今度は院長が慌てたように手を振った。

「いえいえ、こちらこそ出過ぎた真似を……どうぞ座ってくださいませ。コティは私にとって娘同然なので、つい口を挟んでしまいました」

「院長の心配ももっともです。俺の考えが及びませんでした。これからは気を付けます」

「彼女はあまり、異性に慣れておりません。ですから節度を保っていただけると、ありがたく思います」

どうやら院長は、コティを慮って嫌な役を買って出てくれたらしい。

一瞬、ヴォルフガングに対し嫌味をぶつけに来たのかと疑ったコティは、自らの思い込みに赤面した。

――恥ずかしい。それに院長様に申し訳ない……！　勝手に勘違いしてしまった。

「わ、私こそ気が回りませんでした……ご心配おかけして、すみません」

コティも腰を上げ、院長に謝罪する。壮年の男は、穏やかに笑み返してくれた。

「気に病む必要はありません。若い二人が懇意にしているのを責めるつもりは毛頭ありませんし……むしろ華やいでいいですね。ここではなかなか明るい話題は少ないですから」

まるでコティとヴォルフガングが交際しているものと言わんばかりな物言いには、どう答えるべきか動揺した。

そういう関係ではないとはっきり明言するべきだろうか。だが否定するかどうか迷っている間に、ヴォルフガングが帰り支度を始めてしまった。

「俺はこれで失礼します。長々と居座り、失礼しました」

「滅相もない。また、是非いらしてください」

「あ……っ」

――まだ一緒に出掛けるかどうか、返事をしていないのに……

だが院長が見ている前で約束をするのは、躊躇った。たった今、『節度を保て』と忠告されたばかりだ。

それなのにこちらから逢瀬の予定を聞くなど、コティにできるわけがなかった。

「それでは」

「はい。次回は私も話に加えていただけたら嬉しいです」

「ええ。院長がいらっしゃる時に伺うようにいたします」

男たちが互いに頭を下げ合い、この場はお開きになった。結局、『今度』の約束は曖昧なまま宙に浮く。

すぐに返事をしなかったことを今更悔やんでも、もう遅い。コティはひっそりと肩を落とし嘆息した。

「良い青年ですね。実直そうで、女性なら惹かれずにはいられないでしょう。容姿や体格にも恵まれている。あれだけ魅力的だと、周囲が放っておかないでしょうね」

「え……」

言われずとも、コティ自身そう感じていた。だが言葉にされると、心のざらつきがひどくなる。

まして男性の眼から見てもヴォルフガングが魅力的だと言われれば、何とも言えない焦燥が突き抜けた。

これまでなら、そんなことは気にならなかったのに、今は彼の周りにどんな女性がいるのかがとても気にかかる。そして彼がどんな態度で接しているのかも――

「先日顔を出した寄付を募る集まりでも、ヴォルフガング様の話題で女性陣が持ちきりでしたよ。彼は国から爵位を授かっていますし、貴族のご令嬢にとっても理想の結婚相手だそうです。国の英雄と縁を結びたい家はかなり多そうでしたね」

「そう……なのですか……」

痛みを訴える胸を押さえ、コティはどうにか言葉を絞り出した。顔が引き攣っていないことを祈る。けれど上手く笑えている自信はなかった。

「ええ。ですからコティも大変ですね。騎士は恋多き者も多いですし……ヴォルフガング様はそういう方ではないと信じていますが、私は貴女が傷つくことがないか心配です」

院長の手がコティを労わるように背中に当てられた。

優しくトントンと叩かれているのに、安心感や気持ちの良さはまるで抱けない。それどころかゾクッと怖気が走ってしまったことに、また罪悪感が蓄積した。

「ですが女性の扱いに慣れている者の方が、貴女の警戒心を解かせ異性への恐れを払拭させることもできるかもしれませんね」

――女性の扱いに慣れている……

そう言われてみれば、コティはヴォルフガングに触れられても嫌悪を感じたことがなかった。あれは、彼が女性に慣れていたからなのか。

数多の異性と関わり触れてきたからこそ、警戒心の強いコティの心を掻い潜れたのだとしたら――

――そんなの、嫌……

ザワザワと心の奥底が騒めく。ささくれ立って、爛れていった。芽吹いた不信の種が根を張るのを感じる。

同時に背中を院長に撫でられていることがどうにも気になって、コティはそっと彼から距離を取った。

「あ、あの……私、仕事に戻ります。子どもたちの様子を見てきますね」

「ああ、間もなく昼寝をしていた子が眼を覚ます時間ですね。貴女がいないといつも大泣きする子をいますし、どうぞ行ってあげてください」

コティはペコッと頭を下げ、踵を返した。

しかし心の中では子どもたちのことではなくヴォルフガングのことばかり考えてしまう。

自分と彼は恋人同士ではない。誤解と義務が絡み合い、成り行きで関わっているだけだ。それなら根底が崩れれば簡単に解消されるものでしかなかった。

――少し前までは、そうしたいと考えていた。だけど私……ヴォルフガング様の思い違いを、今でも正したいと願っている……？

己の心が見通せない。歪な繋がりをどうにかしたいとは思っていた。けれどそれは顔見知り程度の関係に戻りたいという意味かと問われれば、今は素直に頷けない。

かつての、睨まれろくに話しかけてももらえない、嫌われている状態には絶対に返りたくなかった。

――胸の中がチクチクする。痛くて苦しくて……切ない。

この感情の名前を、コティはまだ知らない。憧れていても一度も抱いたことがないものだから。

すっかり己の気持ちを持て余したコティは、とにかく眼の前の問題を一つずつ片付けようと心に決めた。

何かに必死になっている間は、一番忘れていたいことに背を向けていられる。それなら今手っ取り早くできることは。

――必ず、占い師さんを見つけよう。そしておかしなおまじないを解いてもらうんだ。

ヴォルフガングとのことを考えるのは、その後でいい。

自分の中で最も大きな比重を占める悩みから眼を逸らしているとは気がつかずに、コティは強く決意した。


前回以上に盛況な市場は、人でごった返していた。

真っすぐ前に進むこともできないほどの人出に、早くもコティの心が挫けかける。だが、泣き言を言っている暇はなかった。

――あの占い師さんは、きっとまた来ているはず。

酔っ払いの男との悶着を避けるために、今回やって来るのを見送った可能性はあえて考えないことにした。

粗野な男に堂々と渡り合っていた彼女であれば、多少の揉め事などで怯みはしないだろう。そう信じ、コティは前回占い師が出店していた場所へ足を運んだ。

しかし今日で三日目になるが、目当ての人物を見つけることは叶っていない。

念のため、市場を端から端まで往復し聞き込みもしたけれど、有力な情報を得られず仕舞いだ。

流石に疲れ果て、本日何度目かも知れない溜め息が自然と漏れた。

――今日も空振り……行商人の一部は帰路についてしまった……

彼らがこの国に滞在するのは、長くても十日。それ以上はなかなか許可が下りないらしい。何せ数年前までは戦争をしていた間柄なので、国を行き来するには許可証が必要なのだ。

いくら平和な世の中になっても、未だ争いの爪痕は残っている。互いの国民が自由に出入りできるようになるまでには、まだ長い年月がかかるのだろう。

――占い師さん、今回は来なかったの？　それとももう、この国に来るつもりはないとか……

最後の頼みの綱を断たれた気分で、コティは泣きたくなった。謎の現象を解決するには彼女の助けが必要だと確信していた分、落ち込みがひどい。

その場にしゃがみ込みたいほどの虚無感に襲われ立ち止まった刹那、背中に人がぶつかった。

「あっ、すみませ……」

謝罪の言葉は、そこで途切れた。

虚ろな視線を上げた先に、今まさに探していた人物が立っていたからだ。

「あ……っ」

「あら、貴女はあの時の。久しぶりね、元気だった？」

占い師の女性は、露出度の高い異国の衣装ではなく、この国のごく一般的な女物の服を身につけていた。化粧もあっさりとしており、至近距離で見なければすぐには彼女だと気づけなかったかもしれない。

しかし年齢を窺わせない落ち着いた低めの声を聞いて、コティは確信を得た。

「あ、あの、以前この辺りで水晶占いをされていた方ですよねっ？」

「ええ、そうよ。貴女は私を助けてくれたお嬢さんでしょう？」

「今回は占いの店を出していなかったんですね」

「ああ。面倒な男に絡まれると占いで出ていたから、見送ったのよ。代わりに夫の仕事を手伝っているの」

　ようやく探していた人物を見つけ出せ、コティは興奮で声が上擦った。しかも偶然ぶつかるなんて、これは運命だとしか思えない。

　逸る気持ちを宥めすかし、コティは占い師の手を取った。

「お話ししたいことがあるんです。聞いていただけますかっ？」

「かまわないけど……前は占いには興味がなさそうだったのに、今日は随分積極的ね。ひょっとして私のおまじないが役に立ったのかしら？」

　にやりと彼女が微笑む。本心が見透かせない笑顔に、コティは秘かに息を呑んだ。

「……っ、そのことで……あの、でもここじゃちょっと……」

　猫化云々の話を、人の眼と耳がある場所では明かせない。言い淀むコティに、彼女は意味深な笑みを深めた。

「分かったわ。それなら近くに私が泊まっている宿があるから、そこでどう？」

「是非……！」

　ホッと息を吐き、半ば彼女を先導するようにコティは歩き出した。気持ちが逸って仕方ない。少しも焦りが抑えきれず、目的の宿に辿り着いた時にはソワソワと挙動不審になっていた。

「――――どうぞ座って。葡萄酒しかないけど、お嬢さんは飲めるかしら？」

「いいえ、何もいりません。それより、あの――――」

「ふふ、余計な前置きなんていらないと言いたげね」

まさにその通りなので何も言い返せず、コティは言葉に詰まった。代わりに言いたいことを頭の中で懸命に整理する。この機会を無駄にするものかと力いっぱい拳を握り締めた。

「……おまじないの……っ、ことなのですが」

「ああ。貴女の願いを叶えるため役に立ったかしら？」

「解いてはもらえませんか……っ？」

コティの中では、占い師と自分の猫化が無関係だという可能性はすっかり排除されていた。勘や思い込みにすぎなくても、自分としては間違いなく関連があると思っている。

もしも彼女がコティの身に起こった異常現象に全く関与していなかったら、いきなりこんなことを言い出せば完全に『頭のおかしい人』と忌避されかねないが、どうせ今後会う機会もないだろう相手だ。

恥をかくぐらい何でもない。そんなことよりも『この先の平穏な生活』の方がずっと大切だった。

――――猫になってしまう奇妙な出来事を解決できたら……その時私は初めて、ヴォルフガング様と本当の意味で向き合える気がする……

その考えは、一時的な逃避にすぎないかもしれない。

別の問題にかまけることで、最も向き合わねばならない難問を後回しにしているだけ。

それでも、猫としてではなく人としてヴォルフガングに関わりたい欲がコティの内側で勝った。

――私は毛並みを撫でてもらうより、手を取ってもらいたい……

そのためには、いつ自分の姿が変わってしまうか分からない危険を抱えたままではいられない。完全に人間として、彼に関わりたいのだと、今ハッキリ自覚した。

――……私はいつの間にかヴォルフガング様を……

「悪いけど、それは無理だわ」

しかしコティの気付きとは裏腹に、占い師はこちらの懇願(こんがん)をバッサリと切り捨てた。取り付く島もないとは、まさにこのこと。

鼻先で扉を乱暴に閉じられた気分で、コティは眼を見開いた。

「そんな……っ、このままじゃ困るんです」

「正直に言うわね。私には貴女の身に何が起こったのか、具体的なことは分からない。何故なら、私がかけたおまじないは、対象によって効果が変わるものだから。そして願いが成就するまで無効になることはない。仮に術者である私が死んでもね――」

くと信じていたのに。
「え……」
もっと簡単に考えていたコティは忙しく瞬いた。彼女に再会さえできれば万事上手くい
くと信じていたのに。
つまり、占い師自身にも何事もなかった状態には戻せないということなのか。とても受
け入れ難くて、無為に首を横に振ることしかできなかった。
「その様子だと、今のところあまり役立ってはいないようね。だけど必ず貴女の道を切り
開く力になるはずよ」
「だけど今、困っているんです……！」
どこまで真実を話していいのか、コティ自身も戸惑った。
彼女は、効果は人によって変わると言っていたから、まさか人間が猫になるという超常
現象など想定していないと考えられる。
こんな非現実的なこと、普通なら信じられるわけがない。だとしたら、相談したところ
で助けにならない可能性が高かった。下手をしたら、コティが更なる窮地に陥る。
――魔女として処刑されるなんて絶対に嫌……そもそもヴォルフガング様に知られた
くない。だってあの方は、猫好きでデレデレになることを恥じている。私はそんな彼の一
面を盗み見したようなものだもの……
猫になったからこそ窺い知れた彼の本当の顔。

それはとても尊いことだ。蕩けた笑顔に砕けた語尾。情けないほど骨抜きになった姿。

全てがコティの記憶の中で明滅した。

どれも自分が人間のままであれば垣間見る機会はなかっただろう。

だが同時に、知るはずのなかった真実は、全部ヴォルフガングが隠したかったものでもある。それらを目撃していなければ、コティは彼に惹かれることがなかったのは間違いなかった。

――でも……だからこそ、あの方の矜持のためにも私は見なかったことにしたい。

これから先、平民から上を目指す後輩たちの道標（みちしるべ）となるべく、毅然とした人物像を作り上げようとしていたヴォルフガングの邪魔はしたくなかった。

誰もが憧れ敬愛する『最強騎士』の名に相応しい人になってほしい。

二人の時間はコティにとっては大事な思い出であっても、それは自分一人の胸に留める。

故に詳しいことは語れない。

もどかしくも言い淀むコティに、占い師の女性は嫣然と微笑んだ。

「……貴女が語りたくないなら詳しくは聞かないけれど……色々あったようね」

「はい。だからどうにかしてくださいませんか……っ?」

もう縋る相手は彼女しかいない。そんな思いでコティは前のめりになった。

不可思議な力を持つ占い師なら、きっと解決できるはず。その期待が捨てきれず必死で言い募った。

「お願いします。おまじないを解いてくださるだけでいいんです！」

瞳に涙を溜め、哀願した。彼女がじっとこちらを見据えてくる。相変わらず年齢も本心も窺えない顔から、コティが読み取れるものは一つもない。

しばしの沈黙の後、溜め息が一つ。漏らしたのは、占い師の女だった。

「——ごめんなさい。貴女に何が起こっているのか私には分からないけれど、おまじないの効果は既に私の手を離れている。これ以上、どうしようもないの」

「そんな……」

「でも一つだけ保証できるわ。私のかけた術は、目的が達成されれば自動的に解ける。つまり貴女が望む『強烈な愛に溺れ』れば、万事解決するのよ」

——私、『熱烈な恋に落ちたい』とは願いましたけど、そんな怖い感じではなかったと思います……っ！

色々と精神的な衝撃が重なったせいで、コティは声が上手く出なくなった。

あぅあぅと口を開閉することしかできない。

しかしコティの沈黙を都合よく解釈したらしい占い師は、深く頷いた。

「何もかも上手くいくわ。大船に乗ったつもりで貴女は安心していなさい」

——ちっとも安心できませんが……っ？

声にならない叫びは、無情にも無視された。いや、おそらく彼女には伝わらなかったのだろう。

結局奇跡的な邂逅で得られた結論は『猫化は諦めろ』の一言だった。

抗議しようにも呆然としていたコティは、それ以上言うべき言葉を見つけられない。気づけば占い師の部屋から出て、市場の噴水で独り虚脱していた。

――終わった……。

もうなす術はない。

そもそもコティの願いが恋の成就だとしても、どうすればいいのか分からなかった。

絶望の文字が頭に浮かび、泣きたくなる。

万が一このおかしな症状が永遠に治らなかったら、まともに生きてゆくことも難しい。

孤児院で暮らすのも不可能だろう。

秘密を抱えて生活するのは、計り知れない困難があるはず。愛し愛される素敵な恋など夢のまた夢だ。

――だいたい私が猫になって、何がどうしたら恋に進展するのよ……っ？

むしろ八方塞がりだ。ままならない事態に怒りすら込み上げる。

苛立ちのままコティが奥歯を噛み締めていると、俯いていた視界に、ふと影が差した。

「……？」

「――今日は体調を崩していないのか？」

ゆっくり顔を上げれば、五日ほど前に孤児院で会ったきりのヴォルフガングが眼の前に佇んでいた。

大柄な体軀に安堵を覚えた理由は、よく分からない。だがコテイの身体は考えるより先に涙を溢れさせていた。

会いたくて、でも会うのが不安になる人。

もっと深く知りたいのに、関わり合うのを躊躇う相手でもある。

とにかくいつだってコテイの情緒をぐちゃぐちゃに掻き乱すヴォルフガングは、こんな時でも仏頂面で本心を読み取らせてくれなかった。

「……どうして、ここに……」

「今は一年に一度の祭りのようなものだからな。市場は特に警戒している。コテイだって、警備に集中しろと前回会った時に言っていただろう」

その通りすぎて何も言うべき言葉が見つからない。考えるまでもなく、第二騎士団の責任者である彼が、この場にいない理由はなかった。

この数日は、たまたまコテイと遭遇しなかっただけだ。

「あ……そうですよね……」

「――何かあったのか？」

　覇気のないコティの様子に察するものがあったらしく、ヴォルフガングが眉根を寄せる。以前なら『怖い』としか思えなかった表情が、不思議と胸を締めつけた。

「特に何も……」

「嘘だな。コティがそんな顔をするのは、辛いことがあった時だ」

　――何故、そんなことが貴方に分かるの……

　表情だけで心情を察せられるほど、二人は親しい仲ではない。昔より距離は縮まった気もするが、そこには『猫として過ごした時間』も含まれていた。ならばコティはともかく、彼に伝わるはずもない。

　だがきっぱりと言い切るヴォルフガングに、コティは愕然とした。

「ヴォルフガング様には関係がないことです」

「……だとしても、君に関わることなら知りたい。迷惑だと言われても、『そうですか』と引き下がるのは無理だ」

　あまりにも真っすぐな言葉に、心が揺らがなかったと言えば嘘になる。しかし全ては歪な義務感から出た台詞だと思うと、素直に受け止めることはできなかった。

　――ヴォルフガング様は、ご自身が私を襲ったと勘違いしているから、そんなことを言うだけ。

　好きや嫌いは二の次。その事実がコティの胸を軋ませた。

「……同情は、いりません……っ」

「俺は、同情も共感もしたい。コティの傍にいて許されるなら、どんな立場でもかまわない」

眼も眩む誠実さに、泣きたくなった。それが恋心から発せられた言葉だったら、どんなに良かったことか。

だが違う。始まり方からして、二人は全力ですれ違っていた。

「私に、かまわないでください」

「悪いが、それは無理だ。いくら君の願いでも、叶えられない。俺は、どれだけ嫌がられ疎まれても、生涯をコティのために使う」

重すぎる決意に、歓喜が滲む自分はどうしようもなかった。突き離せない狡さと弱さが、彼の胸に飛び込みたいと叫んでいる。

ヴォルフガングに惹かれている事実を自覚した今、彼自身が差し出してくれている手に、縋りつきたい欲望を抑えられなかった。

――せめて嫌われていないと感じたい……

マイナスからのスタートではなく、少しでも前に進めているのだと信じたい。仮に責任感だとしても、以前より好かれていると思いたかった。

いけないと己を戒めようとしても、コティの手は知らぬうちにヴォルフガングの手へ触れた。

男の掌は驚くほど大きく、そして熱くて硬い。心臓を鷲掴みにされるのに似た衝撃に、痛みと愛しさが募った。

「……俺は、何があってもコティの傍にいたい」

たとえ彼にどんな思惑があったにせよ、高鳴る胸は嘘が吐けない。嬉しいと思ってしまった時点で、コティの完敗だった。

重ねられた手がいつしか指を絡め合う繋ぎ方に変わる。太い指が肌を擦る感触に呼吸も忘れた。

噴水の縁に腰かけていた身体が引き寄せられ、よろめく脚で立ちあがる。自力で立てずたたらを踏んだコティは、そのままヴォルフガングの胸へ抱き留められた。

――あ……。

思えば、人間として抱きしめられたのは、初めて猫に変化して騎士団宿舎に連れていかれ、真夜中に人へ戻れた時以来だった。

あの時は混乱のあまり『早く逃げたい』としか思わなかったが、今は逆にもっと密着したいとすら感じる。何なら、二人を隔てる衣服が煩わしい。

吸い込む香りも、心なしか違って感じた。

「……何があったのか、全部話してほしいとまでは言わない。だがこうして近くにいることを、許してくれ」

武骨な男の掌がコティの後頭部を撫で、得も言われぬ愉悦が込み上げた。

猫にするように人間である自分を撫でてほしいと願い、その感触を夢想したこともあったけれど、実際は震えるような感動が全身を駆け巡る。

酔いしれる快感に、コティは強張っていた身体の力を抜いた。

「……国の英雄である貴方が、私なんかに許可を求めるのですか……？」

「なんか、だなんて言わないでくれ。そもそも俺だって、大した人間じゃない。いくら虚勢を張っても、本音一つ言えない情けない男だ」

逞しい肉体から吐き出される言葉は、不釣り合いに弱々しかった。これだけの体格と地位、力を兼ね備えていれば、コティの意思を問うまでもなく全て思い通りにできるだろう。

だが彼はそうしない。あくまでも選択権はコティにあった。

――ああ……この方はたぶん、私が拒めば本気で一生待ってくれるつもりなんだ……

それを執着と捉え怖いと怯えるか、忍耐力と解釈し絆されるかはコティ次第。

見方一つで事実は裏返る。そしてこの場合自分が選択するのは。

「……だったら、今日は辛いことがあった私を、慰めてくれますか……？」

精一杯の勇気を掻き集め、コティはヴォルフガングの騎士服の裾を握り締めた。顔を上げる度胸はなく、俯いたまま。真っ赤に熟れた顔は、おそらく耳まで朱に染まっているだろう。

身体中に汗が滲み、呼吸すら浅く乱れたものになった。

「コティ、それはどういう……？」

言葉少なに問いかけてくる彼に返す台詞は思いつかない。ただ、頬を擂り寄せるのが今できる最高の返事だった。

「……そんな風にされたら、俺は我慢できなくなる……」

熱い手がコティの背中に回され、尻の真上、際どいところまで撫で下ろされた。

慰めを与える触れ方ではない。もっと淫猥な目的を孕んだ手つき。

男の劣情が吐息となって首筋を掠め、コティは思わず身を震わせた。

「ん……っ」

「……まさかこれも夢か？　何度もこういう妄想をしてきたから、現実かどうか自信がない……」

「え？」

ヴォルフガングの言っている意味が分からず、首を傾げた。だがどこか熱に浮かされたような面持ちの彼は、滾る吐息をコティに吹きかけてくる。

「夢だとしたら、覚めたくない……」

「え、あの？」

自分にも、誘惑の意図は少なからずあった。もし僅かでも可能性があるなら、ヴォルフガングと特別な関係を築いてみたい。義務や責任感以外の絆で、結ばれてみたかった。だからこそ勇気を振り絞って、いつもなら決してしない行動をとったのだ。

しかし初心者故に、淫猥な手つきで背中を弄られると戸惑ってしまう。とは言え、嫌ではないことが、全ての答えだった。

「ヴォルフガング様……っ」

「君と二人きりになりたい……」

甘い囁きは、さながら媚薬だった。コティの警戒心をグズグズに蕩けさせる。交際もしていない男女がとんでもないと言わねばならないと頭は理解していても、身体は勝手に顎を引いていた。

「わ、私も……静かなところに行きたい、です……」

人が多い市場は騒がしい。いつも誰かの眼に晒されている。こうして抱き合っているだけで、幾つもの視線が二人に向けられた。

もしかしたら、明日には『あのヴォルフガング様が女と衆人環視の中いちゃついていた』と噂が広まっているかもしれない。けれど『それがどうした』と思う程度には、コティの中で彼への恋しさが勝っていた。

「あ、でもヴォルフガング様のお仕事は大丈夫ですか？」

「問題ない。本当なら今日は非番だった。――コティを誘いたかったが叶わなかったから、見回りでもして時間を潰そうとしただけだ」

「制服を着て？」

「どうせ休んでも何もすることがない。だったら仕事でもしていた方が気が紛れる」

あまりにも生真面目で、かつ本当なら今日彼が自分を誘ってくれるつもりだったと知り、胸がキュンッと締め付けられた。

甘苦しい痛みに幸福感が高まる。

熱を孕んだ頬に触れられると、一層コティの心音が大きくなった。

「俺の部屋に来てくれないか……？」

「騎士団宿舎へ？　でも誰かに見られたら……」

「心配ない。今日は皆出払っている。ほとんどの者は仕事で、休みの者もこんな時間部屋にいる奴は珍しい。仮にコティの姿を見られても、俺は一向に気にしない」

それは噂が立ってもかまわないと宣言されたのも同然だった。

隠す必要はない関係だと示され、コティの方が動揺する。まるで正式な恋人同士だと公言された気分になった。

「あの、だけど……」

「嫌ならそう言ってくれ。でないと俺は暴走してしまうと思う」

抱き寄せてくる腕が熱い。逞しい胸板に押しつけられ、少し苦しいけれど力を緩めてほしいとは思えなかった。

がむしゃらに抱きしめられるほど、求められている錯覚がする。それを心地いいと感じている時点で、同意していると自分でも分かっていた。

コティがヴォルフガングの背中へゆっくりと細腕を回す。それを合図にして、コティはガバッと横抱きにされた。

「きゃ……っ？」

「摑まって。このまま走ってゆく」

「は、走って？」

言うなり、彼は本当に駆け出した。しかも小走りなどという速度ではない。コティの全力疾走より速く、混み合う市場を走り抜けた。

「ちょ……っ」

「しゃべるな。舌を噛んだら大変だ」

――だったら下ろしてください！

抗議はあまりの速度と揺れに慄き、コティの喉から出てこなかった。きっと下手にしゃべれば、本当に舌を噛みかねない。今自分にできることと言えば、ヴォルフガングにしがみ付くことのみだった。

――あああ……私たちめちゃくちゃ見られている……！

筋骨隆々の大柄な男――それも有名人が、女を抱え脇目も振らず高速で走っているのだ。これで人目を引かないわけがない。

当然、誰も彼もが驚愕の面持ちでこちらを振り返った。

中には二人を指さして、何やら噂している者もいる。

そういった光景の全てを振り切って、ヴォルフガングが騎士団宿舎を目指し駆けてゆく。

あまりにも非現実的な状況に、コティは段々笑いが込み上げてきてしまった。

――噂になっても、いいか。たぶん、とっくに色々言われていたと思うし……どうせ今更よね。

成人女性一人抱えても全く問題なく走れる彼が頼もしい。揺るぎない逞しい腕に、コティの胸のときめきはどんどん大きくなっていった。

おそらく、自分はヴォルフガングに以前ほど嫌われてはいない。希望的観測ではなく、そう感じられた。

今はまだその感情が『恋や愛』と呼べるものかは不明だが、それでももっと彼について知りたい、コティのことも知ってほしいと願う程度には心が傾いている。

だからこのまま流されるのも悪くはない。

――素敵な恋を、私はヴォルフガング様としてみたい……

小さな希望が胸に灯る。

誰かに知られれば、はしたないと叱責されるかもしれない。遊ばれて終わりだと諭される可能性もあった。院長に忠告されるまでもなく、ヴォルフガングが女性に放っておかれないことは分かっていたから。

だがあらゆる不安を振り切って、根底にある願望に眼をやれば、『今この人と一緒にいたい』という回答しか残らなかった。

心細く、未来が見通せないからこそ、共にいたい。

そんな風に思える相手には、なかなか出会えないのではないだろうか。『誰でもいい』ではなく『この人じゃなくちゃ駄目』とコティの心が判断した。

考えるよりも本能が選択したのだと思う。

人肌が恋しいだけでなく、ヴォルフガングに触れられたい。彼の手がくれる温もりと癒しを、人間の身体で甘受したかった。

今だけは、額が熱くならないことを心底願う。何ものにも邪魔されたくはない。これから起こる出来事を想像し、コティはそっと眼を閉じた。

4　騎士、猫に逃げられる

　騎士団宿舎内のヴォルフガングの部屋に入ったのは、これで二度目。だがあの時とは状況がまるで違う。

　コティは恭しくベッドに下ろされて、頬を赤らめた彼と見つめ合った。

　ヴォルフガングの顔が朱に染まっているのは、ここまで止まることなく走ってきたせいだけではない。上がった息も、激しい運動によるものだとは思えなかった。

　何故ならコティも同じように熟れた肌をし、呼吸を乱している。汗一つかいていない彼と条件は同じに思えた。

「あ、の……」

「君に触りたい」

　直球の台詞に全身が羞恥で火を噴きかけた。駆け引きなんて一つもない。真っすぐで純粋な欲求。

　コティは頷くことも首を横に振ることもできずに固まったが、己の雄弁な双眸がその隙間を埋めてくれた。

　絡んだ視線は正直に、自らの欲望を伝えている。

　触れられたい。こちらからも触れてみたい。何ものにも隔てられず、他の誰にも許さない場所まで。

「……もし俺が、コティの望まないことをしたら……殴って止めてくれ」

「そ、そんなことはできませんっ」

「いや、してくれ。枕元に辞典がある。あれの角を力いっぱい頭にぶつけてくれたら、たぶん正気に返る。それくらいされないと、きっと俺は自分を止められないから」

　件の本の攻撃力は、以前コティ自身が実証済みだ。勿論そんな事実は馬鹿正直に告げる気はない。

「ええっと……使わずに済むことを願います……」

「いざという時は、躊躇わなくていい。君を傷つけるくらいなら、殴られるくらい何でもない」

　掠れた男の声が官能的で、コティの喉が震えた。淫らで艶めいた吐息に耳朶もこめかみも炙られる。

接近してくる彼に押され、気づけばベッドの上に仰向けで倒れていた。

「あ……」

「今なら、まだ引き返せる。駄目なら正直に言ってほしい」

全身全霊でコティを乞う男にあてられ、肌も体内もヒリついた。横たわっているのにクラクラと世界が回る。

は、と漏らした息は、明らかに潤んだ響きを伴っていた。

「だ……駄目じゃない、です……」

「良かった。これも妄想だったら、どうしようかと思った」

「も、妄想？」

「いや、こっちの話だ」

眉の上にキスをされ、ゾクッと喜悦が走る。ヴォルフガングの唇はそのまま目尻から頬、顎へと滑り落ちてゆく。一番期待する場所には触れてくれないのかと落胆した刹那、しっとりと唇同士が重ねられた。

――ああ……私の初めてのキス……

これまで何度か猫として危うい場所へ口づけされたことはある。だがあれらは全部、キスとは言えないものだったとようやく分かった。

本物の口づけは比べものにならないくらい甘くて柔らかい。触れ合った場所から圧倒的な幸福感が滲む。

ただ身体の一部が接触しているだけ。それなのに気持ちがよくて勝手に涙が滲むほどだった。

「ん……っ」

何度も啄むキスを重ね、次第に深く貪るものへと変わってゆく。緩んだ歯列の狭間から忍び込んできた彼の舌を迎え入れると、ゾクゾクとした悦びはより大きくなった。

「コティ……っ」

情欲を孕んだ赤い双眸に見下ろされ、コティの体内が甘く疼く。生まれて初めての衝動が、じりじりと内側を焦がしてやまない。

どうしようもなく興奮し、コティはいつしか自らもキスを求めて両手を伸ばした。

「大丈夫か？　怖かったり、嫌だったりしないか？」

「え？」

「君は、男性と触れ合うのが苦手だろう。特に俺みたいな図体がデカい男は――」

――ご存じだったの？

ヴォルフガングなりに気を使ってくれていたのだと知り、コティは瞠目した。

だとしたら、これまでの愛想のなさも何らかの理由があったのかもしれない。睨まれていた原因までは不明だが、また一つ『思ったほど嫌われていないのでは』の期待が獲得できた。

「平気、です。もし嫌だと思っていたら、ここには来ていません」

実際、言われて初めて自分の男性への怯えを思い出したくらいだ。今も他の異性に対して壁が完全になくなったとは言えないけれど、少なくともヴォルフガングに対しては改善されている。

たぶん、猫の姿でいる時に、散々優しくしてもらったおかげだ。

彼の手は自分へ危害をもたらさない。それどころかとても心地よくしてくれる。

驚くことばかりされはしたが、どれも本気で耐え難いものではなかった。死んだ方がマシだと感じることを強要されたり、身勝手な欲望を押しつけられたりすることも一度もなかった。その事実が、コティに勇気を与えてくれる。

女の自分とはまるで違う大きくて硬い男の身体に触れても、恐怖はない。

明らかに彼の身体は欲情を示しているが、コティが拒めば、きっとヴォルフガングは渾身の理性で身を引いてくれると信じられた。

だから、何も怖くも嫌でもなかった。

またキスをしてほしいと願いを込めて見上げると、喉を鳴らした彼がそっと覆い被さってくる。コティに体重をかけないよう気遣っているのは丸分かりで、力の入った腕の張りすら愛おしい。

服越しでも分かるほど逞しく太いヴォルフガングの腕にコティが手を滑らせれば、彼がビクッと肩を強張らせた。

「ぁ……、さ、触っては駄目でしたか？」

「いや、ちょっと驚いただけだ。コティが自分の意思で俺に触れてくれていると思うだけで、頭がおかしくなる」

鼻先を擦りつけられ、互いの呼気が交じり合った。

近すぎる距離のせいで、焦点が僅かに滲む。けれどヴォルフガングの双眸に揺らぐ渇望や、卑猥な色に染まった目尻を見逃すはずはない。

間近で交わす体温は、淫らで熱く滾っていた。

身じろいだ拍子に服が肌に擦れ、見知らぬもどかしさが増幅する。喉を震わす己の呼気が孕む艶めきに、驚いたのはコティ自身だった。

「……っ」

全身が熱い。あらゆる場所が敏感になったよう。ほんの少しの接触で、淫靡な声が漏れてしまいそうだった。

コティは咄嗟に唇を引き結び、恥ずかしい音をこれ以上こぼすまいとする。

意識して気を付けていないと、愚かな言葉まで口走りかねない。焦げつく理性は、いつか焼き切れるのではと不安になった。

それなのに、懸命なコティの努力を嘲笑うつもりか、彼は固く閉じ合わせたこちらの唇を食んでくる。あまつさえ舌先で擽られ、つい力が抜けた。

「ぁ……ふ……っ」

「可愛い」

「……っ！」

猫の時には何度も言われた言葉だが、人として告げられたのは初めてだった。思わず大きく見開いたコティの視界に、ヴォルフガングだけがいる。

視線が絡んだことが嬉しいのか、彼はくしゃりと破顔した。

――ず、狡いです……っ、そんな無邪気な笑顔を見せられたら……っ
胸がときめいて堪らない。もっと見せてほしいと貪欲な願いが首を擡げた。

男の武骨な指が、意外にも繊細にコティの胸元を緩める。小さなボタンをちまちま外してゆく手つきは、面白いほど似合っていなかった。

――偏見だけど、ヴォルフガング様なら強引に破るくらいすると思っていた……あ、しかも畳んでおいてくれるんだ……

丁寧に脱がされたコティの服はきちんと折り畳まれて、ベッドの横にあるチェストの上にのせられた。

しかもコティの畳み方よりもずっと角が整っていて綺麗である。

己の服の行方を無意識に見守っていると、視線の意味に気がついたのか、ヴォルフガングがやや気まずげに顔を逸らした。

「……騎士団では、自分のことは自分でする。それに俺は平民出身だから、貴族の子息とは端から違う。――変に几帳面で引いたか？　それとも女の服の扱いに慣れているとでも疑っているのか？」

「えっ、別にそのようなこと、どちらも考えていませんでした」

むしろ『すごい』としか思っていない。何でも女や使用人にやってもらうのが当たり前の男性より、ずっと好ましいとすら感じた。

孤児院の子どもたちには男女の別なく自分の面倒は自分でみなさいと教えているが、世間的には女性がするものと考えている輩が少なくないのだ。

――でも、そうか……女物の服に慣れている可能性もあったのね……確かに言われてみたらそういう疑惑もあるけど――私の反応を気にしているヴォルフガング様が可愛くて、どうでもよくなってしまう……

今だって険しい顔をしながら、それでいてこちらを窺っているのが伝わってきた。

コティが気分を害したのではないかと案じているのか。

そんな様子が、コティの胸を激しく疼かせる。常日頃の彼の印象とまるで重ならず、さながら『自分だけが知る本当のヴォルフガングの姿』であるかのように思えたためだ。

――ドキドキする……

心音が暴れる理由は、下着のみになり心許ないせいだけではない。

一つずつ新しい彼を目撃し、記憶に刻むたび、昂る気持ちがあったからだ。

叶うなら、ヴォルフガングにもコティを知ってほしい。まだ誰にも見せたことのない姿や、自分でも自覚していなかった面まで。

――良いところだけじゃなく悪いところも纏めて、沢山のことを分かち合えたらどんなに幸せだろう……

互いの足りない部分を補い合う。おそらくそんな関係こそ、『本物の恋』だ。運命の相手と落ちる、素敵な恋。

ずっと欲しかったものに手が届きそうで、コティは濡れた双眸を瞬いた。

「私自身だけではなく、私の服まで丁寧に扱っていただいて嬉しく思っています」

本心からそう告げれば、彼は赤い瞳を丸くした。

今日一日で、これまで眼にしたことがない新しいヴォルフガングの姿に何度巡り合っただろう。

驚きも露な彼は、年齢よりも幼く感じられる。少年めいた表情が再びコティの鼓動を加速させた。

――いつものキリリとしたお姿は素敵でも、同時にとても近寄りがたくもあった。年上の男性に……しかも強くていかにも『男』な方にこんなことを思うのは失礼かもしれないけど……今はすごく可愛い。

双方の印象の差異が大きいからか、余計に眼が離せない。

暴れる一方の心拍に、コティは尚更赤面した。

こちらの視線を存分に惹きつけているのを分かっているのかいないのか、彼は乱暴に自らの服を脱いだ。

コティの服を優しく扱ったのとは大違いである。全く気にした様子もなく、ポイッと床に放り出し、一顧だにしない。雑の一言。だがそれもヴォルフガングらしくて、不快には感じなかった。

「あ、あのままでは皺になるし、汚れてしまいますよ」

「かまわない。洗えば済むことだ。それより早く君に触れたい」

コティの上で膝立ちになり見下ろしてくるヴォルフガングは、野生の獣めいていた。獲物に飛び掛からんとしている猛獣そのもの。

この場合、獲物とは完全にコティに他ならない。

だが、怖いとは微塵も感じなかった。未知の世界に踏み込む怯えはあっても、彼自身を信頼しているからこそ、期待の方が上回る。

惜しげもなく素肌を晒したヴォルフガングの肉体美に陶然(とうぜん)とし、つい見惚(みほ)れてしまった。

「……コティは案外積極的だな。そんなにじっと見られたら、流石に照れる。もっと男の裸に戸惑うかと思った」

「え……っ」

彼の全裸を眼にしたのは、これで二度目。だから前回よりも落ち着いていたのは否めない。しかし考えてみたら自分は真っ新な生娘だ。しかもこれまで男性を苦手としていた。そんな娘が平然とヴォルフガングの裸を見つめるものだから、違和感を抱かれたらしい。

「そ、それは、あの……っ、あまりにも見事な筋肉だったので、呆然として……！」

「褒められると、一層恥ずかしいな。でもありがとう。俺としてはまだまだ理想には程遠いけれど、君に見事だと言われると嬉しい」

「えっ、まだ大きくなるおつもりですかっ？」

もう充分完成形だと思うのだが。これ以上巨大になられては、ますます二人の体格差が開いてゆく。

今だって、縦も横も厚みも段違いなのだ。これ以上ヴォルフガングが鍛えて逞しくなると、まるで彼と自分は『保護者と幼児』みたいではないか。

――そうなったら、私が隣に立った時に『似合わない』と思われてしまいそう……

彼に懸想する女性陣の中には、引き締まった屈強な肉体を持つ女性騎士も、魅惑の胸やくびれと尻を誇る妖艶な寡婦も、知的で清楚な『守ってあげたい』と他者に思わせる令嬢も大勢いるのだ。

コティのように人並みな容姿で、ちんまりとした体形に胸だけ不格好に大きい女に勝ち目があるとは思えなかった。

――格差が……ますます開いてしまう……

持って生まれた顔や体格は、努力では変えられない。ヴォルフガングが追い求める理想を否定するつもりは毛頭なくても、コティはほんの少し切ない気持ちになった。

「……君が嫌なら、やめる」

「そ、そこまでなさらなくても……お仕事上、身体を鍛えるのは大事なことだと思いますし。あ、あのそれより、私がじっと見つめるのは嫌でしたか？」

話題を変えたい気持ちもあり、コティは強引に話の矛先を変えた。

やや無理があった気もするが、幸いにも彼は厳しかった表情を和らげてくれる。上手く意識を逸らせたらしい。

「……いや、ちっとも。コティにならいくらでも見られたい。むしろもっと、君の視線を独占したい」

「な……っ」

想像していた以上の熱量で返されて、こちらの方が戸惑った。

その上、取られた指先に軽く歯を立てられる。本当に喰らわれている錯覚がし、クラッと眩暈がした。

「……可愛い」

再び呟かれた言葉は、前回よりももっとトロリとした色を帯びていた。ヴォルフガングの瞳にも淫蕩な焔がより激しく踊っている。

その熱に炙られ、漏れ出たコティの息は甘く濡れた。

歯を立てられた指先を、熱く滑る舌が辿る。

粘膜が絡みつくような動きに、コティの下腹がキュンッと騒めいた。

単純に指への刺激だけで終わらない。そこから全身へ戦慄きが広がってゆく。膝を擦り合わせた刹那、名状し難い愉悦が湧き起こった。

「……っ、擽ったいです……っ」

「じゃあ、これは？」

「あ……ッ」

指先で遊んでいた彼の舌が、コティの手首へと移動する。そこから肘まで辿られ、最終的には肩に至った。

鎖骨を擽られ、喉が震える。この衝動の逃し方が分からない。経験の乏しいコティは、次に何をヴォルフガングからされるのか、固唾を飲んで見守るしかなかった。

「あ、や……っ」

肩紐を下ろされてしまえば、辛うじて肌を隠してくれていた下着は容易に脱がされる。残るは最後の砦たる下半身を守る一枚だけ。

しかしそれさえ、コティの両脚からゆっくり抜き取られた。

「み、見ないでください」

「それは無理だ」

こちらの頼みはあっさり却下され、太腿に彼の手がかけられた。反射的に脚を閉じようとしても、男の力に敵うはずもない。

おそらくヴォルフガングはさほど力を入れている認識もないだろう。コティの膝は抵抗らしい抵抗もなく、左右に離れていった。

「ん……っ」

秘めるべき脚の付け根に視線を注がれているのを感じ、羞恥と緊張で眼を開けていられない。コティはきつく瞑目し、息を詰め顔を背けた。

淫らに開いた両腿が、微かに震えている。閉じたいと思うのに、膝にのせられた彼の手で阻まれていた。

途轍もなくいたたまれず、呼吸すらたどたどしいものへ変わる。とても瞼を押し上げて現状を把握する余裕はない。だからなのか、代わりに肌が鋭敏になっていった。

「はぅ……っ」

湿り気を帯びた空気の流れを感じる。それも、あらぬ場所に。

見られているだけでもおかしくなりそうなところへ、ふっと息を吹きかけられ、コティは愕然とした。

「や……ッ」

信じられない。信じたくない。誰にも見せたことのない花弁を、ヴォルフガングに覗き込まれていた。しかもあと少しで彼の鼻が触れてしまいそうな距離感で。

一気にコティの頬へ血が上り、全身も熟れた色に染まる。悲鳴は掠れ、音にすらなりきらなかった。

「じっとして」

簡潔な命令に逆らえなかったのは、ひとえに動揺していたせいだ。太腿を抱えられ大きく脚を開かされても、文句を言う発想すら出てこなかった。

「ん……っ」

媚肉を左右に割られ、間にある花芯を舌で舐められれば、鮮烈な快感が蜜口から弾ける。正確には、慎ましく隠れていた淫芽から。

軽く突かれるだけでも、生まれて初めて味わう性感は鮮烈すぎた。

「はぅ……ッ」

全身が一気に粟立つ。ゾワゾワとした悦楽が末端まで響いた。爪先が丸まり、皺ひとつなかったシーツを乱す。だがいくらもがいたところで、コティには快楽の逃し方が分からなかった。

「ぁ、あ……っ、や、駄目……ッ、汚い、です……っ」

それでも不浄の場所を舐められている事実に、髪を振り乱した。気持ちが良いと感じていること自体が罪深く思え、ヴォルフガングにも申し訳ない。

こういう秘め事を話に聞いたことはあっても、まさか自分がされる立場になるとは、夢にも思っていなかった。

「汚くない。それに、コティのここはだいぶ狭い。これでは俺が入れない」

「んぁあっ、ぁ、ぁんッ」

尖らせた舌先で突かれたと思えば、唇で肉芽の根元を締めつけられ、啜り上げられて舌全体で押し潰された。

摩擦されても、圧力を加えられても愉悦の水位が上がる。

じゅるっと淫らな水音が奏でられ、耳からも悦楽を注がれた。男の熱い息が濡れた場所を炙るものだから、それさえ快楽の糧になる。

コティの脚を抱える手、内腿を擽る黒髪も愛撫同然に感じられた。

「ひ……ぁ、あぁッ」

花蕾は与えられた法悦で素直に育ち、ますます膨れて淫猥な悦びを享受する。硬くなっ

た芽は扱きやすいのか、彼の口内で更に弄ばれた。

「ぁああ……んぁッ、ぁ、あ……っ」

うねる腰が跳ねても、屈強な腕に易々と押さえ込まれる。コティの下肢からは力が抜け、両脚は淫らに投げ出された。

びしょ濡れになった秘裂が真上を向くよう身体を折り曲げられて、されるがままヴォルフガングの舌の蹂躙を受け入れる。

眼も眩む悦楽にコティが夢中になっていると、いつの間にか隘路へ彼の指先が押し込まれた。

「は……っ」

異物を受け入れたことのない肉襞が蠕動する。圧迫感が少し苦しい。身体の内側を探られる違和感に、コティの身体が引き攣った。

「……できるだけ、優しくする」

「で、でもそんなところ……」

「充分解さないと、辛いのは君だ」

以前なら険しい顔でこんなことを言われたら、脅されているとしか思えなかった。けれど今は、ヴォルフガングが己の欲望を理性で制御し、コティのために冷静さを保とうしてくれているのが読み取れる。

僅かな眼の動きや赤らんだ頬、それに滾った呼吸がその証拠。

触れてくる手はどこまでも優しく、かつ労わりが感じられた。

「……俺のは、その――ちょっと平均よりアレだから、どんなに準備しても痛い思いをさせてしまうかもしれない」

「アレ？」

初めてが苦痛を伴うものだとは、コティも知っていた。二人の体格差から考えても、容易なことではないとも理解している。

しかしこれまで男女交際の経験がなく比較対象を持っていないこと、それから臨戦態勢になった彼自身を眼にしたことがないせいで、コティには具体的にヴォルフガングが言わんとしていることが分からなかった。

そこで何気なく下に視線をやる。が、『アレ』とやらを目視する前に、コティの両眼は大きな掌に塞がれた。

「見るな」

「え……」

つい先刻『コティにならいくらでも見られたい。むしろもっと、君の視線を独占したい』とまで言っていたのに。

華麗な掌返しに唖然としていると、コティの視野を遮ったまま彼がゴニョゴニョと言い訳を並べ立てた。

「そういうことは、次回にしよう。今回はまだ早い」

「次回……」

ではまた今度があるのだ。そう思い至れば、コティは嬉しくなり『アレ』について追及する気は完全に消え失せた。

「……万が一怯えて逃げられたら、立ち直れないからな……絶好の機会を棒に振るわけにはいかない……」

「え？　何かおっしゃいました？」

だから、ヴォルフガングの呟きは完全に聞き逃した。

「気にするな。独り言だ。それより、もっといっぱい感じてほしい」

「ひゃ……」

起こしていた頭をシーツに戻され、胸の先端を摘まれた。彼の指先はコティの蜜に塗れており、ぬるぬると滑る。初めて知るその感触は、自分で触れても特に何も感じない乳房を、たちまち敏感な場所に変えてしまった。

「ぁ……っ」

下肢を弄るもう片方の手も止まらない。むしろ刺激が分散されてコティの強張りが解けたからなのか、より蜜道の奥へ指が侵入してきた。

「んん……っ」

「痛くないか？」

「大丈夫、です……っ」

相変わらず違和感は激しい。それでも引き攣るような痛みは、だいぶ緩和されていた。

「あ、ぁっ」

触れられていない残りの胸はヴォルフガングの口内に招かれ、舌が乳嘴(にゅうし)に絡みつく。

さっきまで花芯にされていたのと同じように淫らに甚振(いたぶ)られた。

「……ぁ、ふぁ……ッ、あ、んんッ」

三点同時に与えられる刺激は、どれも違っていて無垢なコティの身体は混乱した。

生温かい舌にねっとり攻められたと思えば指先で乳首を擽られ、最も鋭敏になった花芽は指の腹で擦られた。蜜窟を探る動きは濡れ襞を甘く蕩けさせる。

一つ一つの動きに激しさはない。

それでも絶え間なく蓄積されていく快感は、次第に大きなうねりになった。

「あッ、アあ……っ、や、ぁあんッ」

ビクッと四肢(しし)が痙攣する。高まる熱に内側から火傷しそう。

追い詰められてゆくのを感じ、コティは必死で息を継いだ。

「ま、待って……ヴォルフガング様……！　変に、なります……っ」

「なっていい。いやらしく達する顔を見せてほしい」

「や……ッ」

太い指がコテイの粘膜をこそげて、切なく疼く淫路を虐めてくる。浅く深く掘削され、いつしか内側からも愉悦が掻き立てられた。

「は……ぁ、あ……っ」

「ああ、コテイは随分感じやすい。もう中で快楽を得られている」

「んぁッ……は、恥ずかし……ぁ、あぅッ」

「何も恥ずかしくない。俺は、嬉しい」

花蕾を転がされ、蜜道を探る指が二本に増やされた。初めは無理だと思ったけれど、男の指の質量に段々慣れ始める。

内部を押し広げられる感覚も、堪らない官能に置き替わった。

「ああぁッ」

光が瞬く。全身に汗が浮く。ぎゅっと両脚に力が籠って、コテイの目尻から涙が伝い落ちた。

蜜窟が収斂し、彼の指を喰いしめる。その生々しい存在感が、一層コテイを昂らせた。

「ぁ……ああ……」

「上手にイケたな。でも、まだ狭い」

額に口づけを落とされ、コティはだらしなく蕩けた顔をすぐ傍でヴォルフガングに見られたことを悟った。

慌てて瞼を押し上げれば、真正面から視線が絡む。それも彼の双眸にギラつく情動を見つけてしまい、達したばかりであるにも拘わらず、再び体内が燻ぶるのを感じた。

「あ……」

求められている。

狂おしく乞われ、ヴォルフガングがコティを欲しているのが分かった。

心の騒めきが、そのまま身体にも影響をもたらす。コティは体内からトロリと蜜が溢れるのを知り、濡れた瞳を彼に据えた。

「……っ、そんな眼で見られたら、加減が利かなくなる」

吐き捨てられた言葉が熱い。

コティ自身にもその熱は感染する。

喉の渇きを覚えて唇を震わせれば、濃密なキスで口を塞がれた。

「ん、ふ……」

互いの唾液を混ぜ合う淫蕩な口づけを交わし、嫌悪など全く感じずにそれを飲み下す。むしろ喉がカッと燃え、度数の高い酒を飲んだかのような酩酊感に襲われた。心地いい眩暈がコティを淫らに変える。

彼の硬い黒髪に指先を遊ばせ、夢中でキスに応えた。

「ぁ、んん……っ、は」

口内にも性感帯があるなんて、初めて知った。舌を絡ませ擦り合わせるだけでなく、上顎を擽られ、内頬を舐められ、歯列を辿られると鼻から卑猥な吐息が漏れる。

その間にもヴォルフガングの肌にコティの乳房の飾りが擦れ、得も言われぬ喜悦になった。

綻んだ陰唇には、彼の膝が押し当てられている。もどかしい刺激はしかし、焦らされるのに似た興奮を高めた。

「……ぁっ、あ」

「可愛い。丸呑みしたくなる」

「それは……っ、嫌です……っ」

「ああ。呑み込んだらこういうことができなくなるからな」

再び花弁を指で弄られて、コティは喉を晒して仰け反った。

先ほどより五感が鋭くなっている気がする。触れられた場所から湧き起こる快楽が、凶悪さを帯びていた。

「はぁッ……、ぁ、ああッ」

爛れた愉悦が際限なく膨らんでゆく。

　ぐちゅぐちゅと蜜窟を掻き回され、シーツから勝手に腰が浮き上がった。さながらもっと奥を探ってくれと強請っているようだ。

　見知らぬ己の淫乱さに慌てるのに、コティの身体はままならない。

　一度味わった絶頂感がせり上がる予感に、すっかり淫らに作り替えられてしまった。

「ぁ、あああ……ッ、ぁ、あうッ」

　完全に顔を覗かせた花芯を二本の指で擦り合わされ、更に隘路を抉じ開けられる。蜜液を攪拌され肉芽に塗りたくられると、もう我慢できなかった。

「ぁ……あああ……ッ」

　二度目の絶頂は、あっけなく訪れた。だが押し上げられた高みからなかなか下りてこられない。

　達している間にも淫窟と花芽を攻められて、敏感な場所を探り当てられてしまったせいだ。

「は……ぁ、ああ……っ」

　どんな強さで、どこをどんな風に触れられたら弱いのか。撫でるのに似た力加減かそれともやや乱暴にか。

　ごく短時間で全て暴かれた。それを恥ずかしいと思っても、悪辣なヴォルフガングの舌と指先は繊細かつ大胆に蠢く。

コティが過敏に反応すればするほど、同じ部分を一層舐め擦り立てられた。

「んぅぅっ」

指先まで痙攣する。上がった息は整う暇もない。次々にやって来る快楽の波に溺れまいと足掻くだけで、精一杯だった。

「も、もう……」

絶え絶えになった呼吸の下で、どうにか許しを乞う。

涙で歪んだ視界には、嫣然と微笑む男がいた。

「……堪らないな……妄想なんか、足元にも及ばない……」

淫靡な笑みは、凶悪ですらあった。

ギラついた双眸に見下ろされ、身体の外も内も熱が高まる。触れられた場所は、より体温が上がっていった。

口の中も隘路も同様に淫らな火を灯される。どこもかしこも過敏になって、コティは皺だらけになったシーツの上で身をくねらせた。

「流石にもう、逃がしてやれない」

「ぁ……っ」

改めて脚を抱え直され、恥ずかしい体勢を強いられた。だが何度も高みに導かれ疲れ果てた肢体には力が入らない。

されるがまま全てを曝け出す。熟れ切った蜜口にひやりとした空気の流れを感じ、己の身体がどれだけ発熱しているのかを突きつけられた心地がした。

——沸騰しそう……

それとも体内から溶け崩れてしまうか。実際既に淫道はすっかり蕩けている。蜜口からは愛液がいやらしく溢れていた。

その滴を楔の先端に纏わせ、ヴォルフガングがコティの淫芽と擦り合わせる。前後に腰を動かされるたび、彼の剛直の括れに花蕾が引っかかり、ぐりぐりと押し潰された。弾かれ摩擦され、指や舌とは違う刺激に陶然とする。

「ぁ、ぁ、あ……っ」

ぬちぬちと聞くに堪えない水音が奏でられ、互いの性器を擦りつけ合っている現実に頭がおかしくなってしまいそう。

荒ぶる官能は留まるところを知らない。吐き出した呼気は甘く濡れ、媚びた音に変わっていった。

「……コティ、しっかり掴まっていてくれ」

「んん……っ」

戦慄く媚肉にヴォルフガングの屹立がキスをする。硬く逞しい肉槍が、ゆっくり泥濘に沈められた。

「……っく」

到底直径が合わないと思われる質量に狭い入り口を引き裂かれ、内部を拓かれる感覚にコティは身を竦ませた。覚悟していたつもりでも、想像以上の圧迫感に腰が引ける。けれど大きな手に拘束され、逃げ道はどこにもない。

少しずつ、だが着実にヴォルフガングとの隙間は駆逐されていった。

「んぐ……ぃ……ッ」

「ごめん。痛いよな」

「……ァ……ッ」

奥歯を噛み締めて耐えていたコティの顎が、一瞬緩んだ。

耳元で囁かれ耳朶を舐められたことと、彼の指が淫芽を摩ったからだ。

表面をクルクル撫でられ、扱かれる。ヴォルフガングの指にある剣ダコが絶妙な引っかかりとなり、それがまた遠退いていた快楽を呼び戻した。

「んぁ……っ」

「もう少しだけ、耐えてくれ」

小刻みに腰を揺すりながら、彼がゆっくり入ってくる。身体を二つに引き裂かれそうな激痛の中、コティはヴォルフガングの背へ回した手に力を込めた。

男の皮膚に爪が食い込む。しかしそれを気にする余裕はコティにはなかった。彼もまた

全く頓着せず、こちらを凝視してくる。

一瞬も見逃すまいとする眼差しは苛烈で、熱烈なものでもあった。

「う、っく……」

コティが苦しげに表情を歪めるたび、こめかみや瞼にキスが落とされる。花芯をあやす手つきも、優しかった。全てはこちらの痛みを拭い去り、快感を与えるため。

それでいて止まらない動きは獰猛そのもの。相反する行為は、ヴォルフガングの心情をそのまま表しているのかもしれない。

コティを求める渇望と、労わる思いやり。どちらも本物だから、一見矛盾しているように感じられる。それでも大切に扱われていることには、一つの疑念もなかった。

「んんぅ……ッ」

最後に容赦なく楔を打ち込まれ、二人の腰が隙間なく重なった。コティの腹の中には、灼熱の肉槍がある。

あまりの大きさに、内臓を全て押し潰されるかと思った。

「あ……ぁ……」

苦しくて、辛い。けれどそれを上回る多幸感があった。

汗を滴らせた彼がこの上なく愛おしむ眼差しで、コティを見つめてくれていたからだと思う。

猫であった時よりも愛情を感じられる視線を注がれ、自尊心が刺激される。自分がとても価値のある人間になった心地がした。

「んぅッ……」

「……大丈夫、か？」

「ん……先ほどから、同じ質問ばかりされていますね……」

本音を言えば、あまり大丈夫ではなかった。だがそれを口にする気はない。もしコティが正直に伝えれば、ヴォルフガングはここで行為をやめてしまう気がしたためだ。

もう逃がさないという意味のことは言われたが、仮にどれだけ限界を迎えていても、彼はコティが本当に嫌がることはしないという確信があった。

鋼の精神力で、己の欲望を封じ込めるだろう。

そんな心配があるから、あえて口角を緩め、余裕のあるふりをする。

――だって、私はやめてほしくない。

「ヴォルフガング様がしばらく動かずにいてくださったので……平気です」

「……あまり俺を甘やかさない方がいい。簡単に箍が外れるぞ」

「ヴォルフガング様に限って、まさか」

「……そんなに全幅の信頼を寄せられると、後ろめたいんだが……」

よく意味の分からない呟きを漏らした彼がコティの髪を撫でてくれた。柔らかく淡い茶の髪は、猫になった際の毛の色と全く同じだ。

だがあの時とは違う手つきでヴォルフガングが髪を梳き毛先に口づけてくれたので、堪らない歓喜に包まれる。

しばらく、呼吸する振動だけが体内に響いた。やがて彼の指先からコティの髪が全てこぼれ落ちるまで。

「……動いて、いいか？」

「は、はい……」

真っ赤になって首肯する。よもやここまできて確認されるとは思わなかった。しかしそれだけ大事にされ意思を尊重されているのだと思えば、喜びが膨らむ。

明確な愛の言葉は一つもなくても、宝物同然に自分が扱われているのはヴォルフガングの言動から伝わってきた。視線と、体温からも。

「なるべく早く終わらせる……っ」

「ぅあ……っ」

緩やかに動き出した彼に揺さ振られ、コティは男の太い腕にしがみ付いた。

肉筒を巨大なものが往復する。その質量はコティの濡れ襞を隈なく擂り立てた。いとも容易く最奥を穿ち、粘膜を削る。

荒々しさはないのに壊されてしまいそうでやや怖い。彼にその気はなくても、自分に受け止めきれるか不安が擡げた。

「ま、待って……っ」

「コティ……っ」

狂おしくこちらの名を呼ぶ声に、不覚にもときめいた。制止をかけようと思っていた言葉も途中で止まる。

汗を滴らせながらしなやかに動くヴォルフガングは、見惚れるほど美しい。野生の獣のように近寄りがたく、それでいてずっと見ていたいとも思わせた。

「は……っ」

彼の官能的な声が吐息と共にコティの鼓膜を震わせる。

こんなヴォルフガングの姿を間近で堪能できる贅沢さに愉悦が募り、引き裂かれる痛みが現金にも薄らいでいった。沸々と浮かぶのは、たぶん愛情と呼ばれる感情だ。

彼を受け入れている蜜壺が妖しく蠢く。愛しい人の一部を喰いしめていると思い出し、途端に甘い疼きがコティの下腹によみがえった。

「ぁ……っ」

処女地を擦られる痛みが別の感覚に塗り替えられる。それは、先ほどまで散々教え込まれたもの。

何度も刻まれた快楽が再び火力を取り戻した。

「……っ、ぁあ……っ」

「……声が、甘くなった」

「やぁ……ッ、あぅっ」

突かれるたびに淫蕩な声が押し出された。引き抜かれれば隘路の切なさが吐息に変わる。

視界は上下に揺さ振られ、どこを見ていればいいのか分からない。その分、縋りついたヴォルフガングの肌の感触がコティの頼れる全てだった。

「……っ、もっと声を聞かせてくれ」

「んぁあッ、ゃ、駄目……っ」

「ああ、ここか」

「ぁあああッ」

冷静でいられなくなる場所を剛直の切っ先で抉られ、コティの眼前に光が散った。しかもそこを何度も擦られるものだから、眼を閉じることすら叶わない。開きっ放しになった口の端からは、唾液が漏れた。

「ナカが柔らかくなってきた。俺を抱きしめてくれているみたいだ……」

「んぁッ、ぁ……ぁあッ」

濡れた淫音が激しさを増す。それはコティ自身が愛蜜を溢れさせている証明に他ならない。潤む体内が騒めいて、彼の昂ぶりに絡みつく。するとより強くヴォルフガングの形が味わえた。

「……ぁ、ああんッ」

いくつもの閃光が弾け、何も分からなくなってくる。感じ取れるのは絶大な快感と彼に関することだけ。

汗まみれの肢体を絡ませ合い、もっと密着したいと願った。

何も纏わず抱き合い、これ以上ないほど傍にいるのにまだ足りない。貪欲な思いに衝き動かされ、コティは自らの脚をヴォルフガングの身体に回した。

「っく……コティ……っ」

「あ、ぁ、あ……っ、ヴォルフガング様……っ」

互いの名前を呼び合って、共に悦楽の階段を駆け上がった。

今度は自分一人押し上げられるのではなく、彼と共に達したい。そんな願望を視線に込め、コティはヴォルフガングを見上げた。

「んぅ……っ、ぁ、ああ……ッ」

同じ律動を刻み淫猥に腰をくねらせた。

体内の質量が増し、彼のものが逞しく漲る。無我夢中でヴォルフガングに抱きつけば、彼もコティを抱きしめ返してくれた。

「ぁ……あああ……ッ」

快感が飽和する。全身が引き絞られ、ビクビクと痙攣した。身体の内側も蠕動し、ヴォルフガング自身を強く扱く。息を詰めた彼は、コティの最奥を穿ったまま動きを止めた。

「……っつ……」

一拍遅れて男の楔が欲望を解放する。

体内を濡らされる感覚に、コティは更なる法悦を味わった。

「……ぁ、ぁあ……すごく熱い……」

「……そういう発言をされると、非常に不味い……」

「えッ」

どういうことだ。素直な感想を漏らしただけなのに、苦虫を噛み潰したような凶悪な面相で彼が歯軋りをしている。

自分は何か失敗してしまったのだろうか。

焦り戸惑うコティの内側で、ヴォルフガングの楔が力を取り戻すのが感じられた。

「……ぇ」

同じ『え』でも数秒前とはだいぶ意味の違う響きをこぼし、コティは瞠目した。怖々彼を見つめれば、ヴォルフガングは申し訳なさそうにしつつもコティの横腹を淫蕩な手つきで撫でてくる。

そして意を決したように、額同士をコツリと合わせてきた。

「悪い。もう少しだけ付き合ってほしい」

なるべく早く終わらせると言っていたのは、嘘だったのか。

こちらとしては既に疲労困憊。もはや限界を超えている。これ以上は無理だとコティは首を横に振った。だがしかし。

「ずっとこうしたいと、我ながら気持ちが悪いくらい妄想していたから……一度じゃとても治まらない」

いっそ爽やかに言い放たれたものだから、何も反論できなくなった。

唖然としてコティが黙り込んだのをどう解釈したのか、彼が再び腰を蠢かせる。それは、女の快楽を掘り起こす動きだった。

「や……っ」

「涙目も殺人的に可愛いな……」

「あ、ひぁ……っ」

再開された律動が、的確にコティのいいところを擂り上げる。ヴォルフガングの白濁も相まって滑りがよくなったのか、先刻とは異なる愉悦が生み出された。

「アああ……ッ、ぁ、あああ……っ」

ぐちゃぐちゃに蜜窟が掻き回される。白く泡立った潤滑液は、互いの体液が混ざったものの。おそらくシーツは卑猥に色を変えているだろう。

――騎士様の体力を舐めていた……！

この日、コティが解放されたのはすっかり夜が更けた後だった。

忙しい二人が会える時間は、そう頻繁に作れるものではない。

以前ヴォルフガングが孤児院に通ってきたのも、仕事の合間を縫って短い時間を捻出してくれていたからだ。

互いの休みが重なるのは奇跡的だし、纏まった時間は半日だって確保するのが難しい。

だからなのか、逢瀬の時には一時でも惜しむように身体を重ねるのが、いつしか当たり前になっていた。

どこかに出かけたり、食事をしたりする暇もなく、二人とも饒舌とは言い難いので、おしゃべりもさほど盛り上がらない。

すると当然、『会えばベッドへ』という状況が出来上がってしまった。

――何だか、それだけのために会っているみたいだと思うのは、私が間違っているのかな……？

コティも彼の広い胸に抱かれることは嫌いじゃないし、むしろ大好きだ。大事にされていると感じ、分かち合う熱は端的に気持ちがいい。

けれど毎回それればかり、となると複雑な心地がする。

もしかしたらヴォルフガングは、身体だけを目的にして自分と付き合っているのかと不安になるせいだ。

――そもそも私たちは交際していると言えるのだろうか……？

好きとも愛しているとも言われたことはない。それどころか『お付き合いしましょう』『はい』のやり取りを交わした覚えもなかった。やっていないのだから、当たり前だが。

これでは身体目当てと言われても仕方がない。

――だけど初めに『責任を取る』とおっしゃっていたし……あれは結婚も視野に入っていたはず……遊び、じゃないよね？

コティは日々悶々としながら、表面上はいつも通りの生活を送っていた。

それにいざヴォルフガングに本心を問い詰めようと思っても、躊躇いが先立ってしまう。もし『恋愛感情はないが、結婚するには身体の相性がいい方が望ましい』などと言われたら、絶対に立ち直れない。

せっかく改善されつつあったコティの男性不信が、おそらく急激に悪化するだろう。

これまでまともに男女交際をしたことがないので、どうしたって臆病になっている。この関係が壊れてしまうくらいなら、現状維持の方がマシだと思ってしまった。

――だって、余計なことを言わなければ、ヴォルフガング様は優しいまま……私との将来を考えてくれているみたいだもの……

責任感だとしても、傍にいてくれることに一度慣れてしまえば、手放し難い。狭い思考に嵌まった自覚はある。けれど下手に藪を突くより、居心地のいい泥沼を選びたくなる弱さを、誰が責められようか。

何より、コティ自身が彼と一緒にいると楽しくて、触れ合うことに喜びを覚えてしまう。抱き合い口づけを交わせば、細かいことがどうでもよくなってしまうのだ。

――これじゃいけないって、分かっているけど……ううんヴォルフガング様が、きっと私の運命の人。その証拠にここ最近ずっと猫にはなっていない。つまり、願いが叶ったからおまじないの効果が消えたんじゃない？　占い師の女性が私の願いが成就すれば自然となくなるって言っていたもの。そうよ、私が信じなくてどうするの。

今日も寸暇を惜しんで肌を重ねてしまった。

場所はいつもヴォルフガングの部屋。最近はコティが出入りしていることに気づいている団員の方が多いと思う。殊更隠してはいないのだから当たり前である。それでも面と向かって問い質してくる者はいなかった。

――今日のヴォルフガング様も素敵だったな……騎士服でなくて私服もお似合いだった……

部屋に入るなり強く抱きしめられて、彼の香りを間近に感じクラクラした。最近自分もやっとキスに慣れてきて、呼吸するタイミングも分かってきている。その分、一度の口づけの時間は長くなっているのは否めない。

唇を解く時間ももったいなく、絡み合ったままベッドに転がり、つい一時間ほど前まで二人は濃密な時間を過ごしていた。

その後ヴォルフガングがコティを孤児院まで送ってくれ、別れたばかりだ。

――もう遅い時間だから院長様に挨拶せずに帰られたけれど……まだここに彼の感触が残っている……。

大柄なヴォルフガングを受け入れたコティの蜜路が切なく疼いた。まるで未だにそこに彼がいるみたいだ。散々穿たれ、奥に精を放たれたせいで、油断すると白濁が滴り落ちそうになる。

その淫らさに、コティは一人赤面した。

殺風景な自室に一人座り、思い出すのはヴォルフガングのことばかり。それもはっきりと残る燻ぶる熱を、無視できなかった。

今夜も『もう無理だ』と何度言っただろう。

四つん這いの状態で背後から貫かれ、淫らに喘いでしまった。あんな風に番うなんて、まるで獣のようだ。恥ずかしくて最初は抵抗を覚えたものの、すぐに快楽に流され羞恥心は霧散した。

――ヴォルフガング様はたぶん、精力が強めな気がする……

そして何だかんだ流されて受け入れてしまう自分も、大概である。

――だ、だって抱き合っている間は不安なことを考えずに済むんだもの……

情熱的に求められると安心する。言葉が少ない彼だから、行動で示してくれているのではと、期待できるのだ。

だから今日も嫌だなんて言えなかった。

性急に服を乱されて押し倒されても、愛おしさが勝ってしまう。ろくな会話もないまま始まった行為でも、この上なく感じてしまった。

――ヴォルフガング様の唇がここに触れた……

寝衣の上から胸に触れ、コティは自分の掌と彼の手の大きさの差を強く感じた。

今は布に隠れている肌には、いくつもの赤い痕が散っている。どれもヴォルフガングが刻んだものだ。

それらがつけられた瞬間を思い起こし、コティはベッドの上に身を投げ出した。

不意に彼の荒い息づかいが耳朶を撫でた気がして、かぁっと熱を帯びる。耳だけでなく全身が火照り、じっとしていられない。

何度も寝返りを打つうちに、寝衣が肌に擦れ、余計淫らな気持ちを掘り起こされた。

――もう寝ないと、明日に支障が出ちゃうのに……

眼が冴えて、睡魔は一向にやってこない。

ずっとこんな日が続けばいいと秘かに願う。燻ぶる気がかりはあれど、ここまでの充足感を感じる日々は初めてだった。

間違いなく、幸せだ。充実しすぎて、逆に怖いほど。今までもコティは自分を特別不幸だとは思っていなかったし満足していたが、それは『波風が立たない』だけの平穏だったのだと思い知った。

本物の幸福は得難く尊い。替えがきかないし、一度味わえば『もっと欲しい』と願ってしまう。

そしてコティが抱いていた一番の望みは、『唯一の人に愛し愛される』こと。

――もしヴォルフガング様が私の運命の人なら、どんなに素敵だろう……あの方が、本当に私を愛してくださったら……

始まりは勘違いと義務感からだとしても、いつしか気持ちが本物に変わっていたとしたなら。その可能性はゼロではない。自分だって『苦手』から『好き』に変化したのだ。

希望がコティの中でムクムクと育つ。一度思い浮かんでしまった期待は、もはや無視することなどできなくなった。

――だったらいいな……このままあの方と本物になりたい……

ベッドの中で自らの肢体を抱きしめる。さっき別れたばかりなのに、もう彼に会いたい。

コティの頭が愛しい人のことでいっぱいになり、切ない吐息を漏らした時、部屋の外でギッと小さな音が鳴った。

「……？」

こんな時間、子どもたちは眠っている。たまに夜中に起きてしまい、心細さからコティを探す子もいるけれど、その場合は先に泣き声が聞こえてくるものだ。

今夜のように『足音を忍ばせて』いたのに、老朽化した床板をうっかり踏んでしまったような物音にはなり得なかった。

——何……誰か、いるの？　こんな真っ暗闇で？

この孤児院には金目のものなどありはしない。何せ廊下に灯すランプのオイルにも事欠いている。

いくら治安があまりよろしくない地域に建っていても、犯罪者だって何も持たない子どもらから金品を奪おうとはしないものだ。

——それに戸締りはちゃんと——

そこまで考え、コティはハッとした。

——あの窓……予算がなくて、まだ直していない……

以前深夜に帰って来た際、コティが侵入した鍵の壊れた小窓。だがあの窓はかなり小さくて、出入りするのは難しい。子どもか、自分と同じくらい小柄な人間でなければ無理に決まっていた。

コティだって、かなり頑張ってギリギリ通れる程度だ。

しかも分かり難い場所にあるため、内部をよく知る人間でなければ存在自体把握されているとは思えなかった。

だからこそ、修理が後回しになっていたのだ。他にもっと、優先的に予算を回したい修繕や買わねばならない備品があったために。

――まさか、強盗……？　ううん、もっと最悪なのは、子どもたちによからぬことをする人間だったら……

ゾッと背筋が冷える。コティはベッドから飛び起き、武器になりそうなものを探した。

いざという時は、自分があの子たちを守って戦わなくては。

だが部屋の中には棒状のものすらない。素手よりはマシかと、コティは椅子を抱えた。

――これで殴りつけたら、少しは怯むはず……その間に院長様に助けを……

椅子を手にした両手がブルブル震えた。

怖くて、呼吸もままならない。それでもコティは摺り足で扉に近づいた。

――様子を見て、一気に廊下へ飛び出せば隙をつけるかもしれない。

耳を澄ませ外の気配を窺った。己の心音の方が煩くて物音はろくに聞こえないけれど、懸命に息を整える。廊下では、再びギッと軋んだ音がした。

――今……！

掻き集めた勇気でコティは部屋の外へ躍り出ようとした。だが一瞬遅く、それは叶わなくなる。

「……ぁッ」

カァッと額が燃え、熱を孕んで騒めく感覚が指先まで広がってゆく。変化は一瞬。

椅子を落とす前にどうにか床に置き、次の瞬間コティは猫の姿でちんまり床に座っていた。

モフモフとした身体。ピンッと伸びた髭。頭上に生える三角の耳。そして長い尻尾。

――どうして……また……

おそらく二度と変化することはないと思っていた分、衝撃が大きい。信じられない心地で、コティは遥か上方に感じられるドアノブを見上げた。

――おまじないは解けたんじゃなかったの……？

コティの願いが叶えば消えるはずのもの。それが今もこうして健在である理由は、たった一つしか思いつかなかった。

――ヴォルフガング様は、私の運命の相手ではないの……？

考えたくもない答えが胸に伸し掛かる。呆然としたコティが視線を揺らした刹那。

「クシュンッ」

人と思われる誰かのクシャミが、廊下から聞こえた。

男か女か、年齢も不明な何者か。ただ、『誰か』がいたことは事実。そしてその人物は焦った足どりで駆け去っていった。

「……！」

足音が向かった先は、子どもたちの部屋とは逆側。つまり孤児院の出入り口や鍵の壊れた窓がある方向。ならばここで暮らす子どもである可能性は皆無だ。

コティは侵入者の気配が完全に消えるまで、ピクリとも動けず固まっていた。

――逃げた……の？

心臓が口から飛び出しそうな勢いで乱打している。全身の毛が逆立ち、コティは小刻みに震えていた。

恐ろしくて耳も尻尾も動かせない。侵入者を追いかけ突き止めたいけれど、それは物理的に無理だった。なにせ今の身体では自室の扉も開けられない。

――ううん、違う……仮に可能だったとしても……怖くて身体が動かない……

恐怖に竦み、自分のものではなくなってしまったみたいだ。戦慄く手足の感覚はまるで他人のものだった。

視界は歪み、冷静な判断力が失われている。

そのせいか、コティは自分がいつの間に人型に戻ったのかも分からなかった。猫になっていた時間は十分にも満たなかったかもしれない。

裸の肌を、夜の冷気がゾロリと撫でる。

鳥肌が一向に治まる気配はなく、震えはひどくなる一方。だが服を着ることも忘れ、蹲る以外何ができただろう。

その夜、コティは一睡もすることができなかった。

こんなに幸せでいいのだろうか。

ヴォルフガングは勝手にニヤケそうになる口元を強引に引き締めた。

コティと愛を交わしてから二カ月余り。幸福すぎて逆に怖い。これはもう結婚まで一直線だ。

そろそろ正式に婚姻を申し込んでも許されるのでは？　と夢想すると、どうにもだらしなく笑み崩れそうになる。

そんな自分の顔をたまたま目撃してしまった部下が、恐ろしいものを見た表情で真っ青になっていたことなど、ヴォルフガングが知る由もない。

「……団長……こちらの書類も確認していただけますか……？　近頃多発している毒餌（どくえ）の

件なんですけど……」

「ああ。そこに置いてくれ。先日幼児が間違って口に入れ、騒ぎになったものだな」

場所は騎士団本部の執務室。団長ともなれば書類仕事も多い。第二騎士団は街の治安維持が主な任務だが、今日のヴォルフガングは、うず高く積み上げられた書類の山と戦っていた。

野良の犬猫への餌付けは、揉め事を引き起こしやすい。全ての人間が動物好きというわけではないためだ。

しかし最近王都を騒がせている問題は、毒を混入した餌をバラ撒き、人間にも被害が出ていることだった。子どもが口に入れてしまうことは勿論、片すために触れた者まで皮膚が爛れるなどの被害を訴えている。

そして先日ついに、不幸にも小さな子どもが病院に担ぎ込まれる事件が起こったのだ。

「……可哀想に……」

この件は早急に解決しなければならない。故にこれまで以上にヴォルフガングは仕事に打ち込んでいた。

――だが、互いに仕事が忙しくて思うようにコティと会えないのは悩みの種だな……いっそ俺が家を買うか？　そして彼女と一緒に住むのはどうだろう？

無事婚約に漕ぎつけても、自分の立場を考えれば結婚までは時間がかかる。各所に報告や根回しが必要だし、場合によっては王家へ許可も取らなければならない。

これでは何カ月先になることか。下手をしたら年単位だ。

――冗談じゃない。俺は今すぐにでもコティと一緒になりたいのに……

このところ二人の雰囲気は悪くないはずだ。以前のように恐れられている感じはしない。何よりも身体を許してくれたのだから、ヴォルフガングへの愛情があると考えて大丈夫だろう。

――俺の独りよがりな妄想じゃないよな？　ちゃんと現実だよな？

コティの嫌がることは、一切したくない。むしろ誰よりも好かれたくて、自分なりに頑張ってきたつもりだ。

その想いは通じていると信じている。

だから今こそ、満を持して次の段階に進んでも許される気がした。むしろこの良い波に乗らず、いつ勝負を仕掛けると言うのか。

――それに……こんなことは彼女に決して言えないが……あまりあの孤児院にコティを置いておきたくない……

こんな本音をぶちまけたら、おそらく彼女は不快感を露にするに決まっている。コティが子どもらに向ける愛情は本物だと思うし、ヴォルフガング自身その事実に不満はなかった。

様々な事情で親と暮らせない子に尽くす彼女を、尊敬もしている。もし仕事を続けたいなら、支えたいとも考えている。反対するつもりは毛頭ない。

だが――

――あの院長が気にかかる。

それは男の醜い嫉妬（しっと）なのか。逢瀬を邪魔され、忠告を受けた腹立ちが全くなかったとは言えない。

生まれながらに貴族である人間との差を見せられ、コティの前で恥をかいたとも思った。勿論全ては自分の配慮が足らなかったせいだ。院長に悪印象を持つのは間違っている。だからこれは本来なら、ヴォルフガング自身への不満なのだろう。ままならないイライラを他者への攻撃性に変換しているだけ。未熟さの表れだ。

――俺も、まだまだ青いな……

気持ちの制御は上手いつもりだったし、本音を隠すことも得意だと自負している。そうでなければ、極限の戦場では生き残れなかった。簡単に動揺し集中力を途切れさせれば、待っているのは『死』のみ。けれどコティが絡むと途端に何もかも下手になった。

挙動不審になるし、冷静さを保てない。結果後から一人で反省会を開いたのは、一度や二度ではなかった。

――あの孤児院で彼女が今後も働くのを止める気はない。だができれば……院長とは引き離しておきたいな。せめて住む場所を――

そんなことを考えながら、ヴォルフガングはペンを走らせた。

「――失礼します、団長。お客様がいらっしゃいました」

「今日は特に約束をしていないが？」

ノックと共に開かれた扉の向こうで、部下の一人が深々と頭を下げている。その背後に立つ人物が視界に飛び込んできた瞬間、ヴォルフガングはカッと瞳を見開いた。

「コティ……っ？」

「あ、あの……突然押しかけて申し訳ありません……」

そこにいたのは仕事中でも頭から離れない愛しい女。正直全てを放り出して会いに行きたいのを、ぐっと堪えている相手だった。

――まさか彼女の顔を見たいあまり、妄想が逞しくなったのか……!?

こんなところにコティがいるはずがない。元来控えめな上に、余計な外出はしない人だ。まして男だらけのむさ苦しい騎士団本部にやってくるとは夢にも思えなかった。

考えられるのは白昼夢。それとも幻覚かと、ヴォルフガングはまず自分自身を疑った。

「どうしてここに……？」

「あ、ご迷惑をおかけするつもりはなかったのですが、どうしても相談したいことがあって……あの、約束をしてからでないと、失礼でしたよね……すみません……」

すっかり消沈している彼女に、ヴォルフガングは首を横に振った。

「とんでもない。市民の声を聞くのは俺の仕事の一つだ。そこに座るといい」

迷惑でも失礼でもない。ただひたすら思いがけず顔が見られて嬉しいだけだ。

しかしそんな浮かれ切った本音は微塵も出さず、ひとまず視線一つで人払いした。部下たちはそそくさと部屋の外へ出てゆく。

残ったのは、自分とコティだけ。

己の職場に愛してやまない女がいると思えば、ソワソワと落ち着かなくなった。しかし当然、そんな無様な姿は誰にも見せない。

「――相談とは？」

結婚のことだろうか。

まだ正式に申し込んでいないが、ひょっとして彼女の側から切り出されるかもしれない。そう思い至り、ヴォルフガングの頭の中は一層コティでギッチギチになる。もう他のことは欠片も考える余地がなかった。

――待てよ。女性から言わせるのは俺の矜持が許さない。花束も指輪も用意していないが。ここは俺から――

「……昨夜、孤児院に不審者が侵入したようなんです……」

「俺と結こ――何だって？」

言いかけていた台詞は、彼女の発した想定外の言葉に掻き消された。

すっかり桃色に染まっていた思考が一気に引き締められる。一瞬で頭を切り替えたヴォルフガングは真剣な眼をコティに向けた。

「詳しく話してくれ」

「はい……実は……」

コティが途切れがちに語り出す。彼女の説明は声が震えてはいたものの、簡潔で分かりやすかった。

相当怖かっただろうに、整理された内容には頭の良さと思慮深さが滲んでいる。

話の要点は、謎の人物の侵入経路はどうやら鍵の壊れた窓だと考えられること。目的も正体も不明であるけれど、幸い実害はなかったこと。

そして問題の窓は、今後出入りできないよう内側に荷物を積み上げ塞いだらしい。また子どもたちに余計な不安を与えないため、一連の出来事は院長以外誰にも告げていないということだった。

「――なるほど。しばらく孤児院周辺の警備を強化しよう。それから似たような被害がないか聞き込みを徹底させる」

「ありがとうございます……！」

潤んだ瞳でこちらを見つめてくるコティに胸が締めつけられる。

いったいどこの愚か者が、こんなにもか弱く愛らしい女性を怯えさせたのか。捕まえたらただではおかないと、ヴォルフガングは内心歯軋りした。

――――死んだ方がマシだと思わせてやる……拷問は得意じゃないが、どこをどうすれば効率的に人体を破壊し、更に精神的苦痛を与えられるのかは、熟知している……

真っ黒な思考を巡らせつつ、あえていつも通りに振る舞った。

自分まで慌てた様子を見せれば、彼女は余計不安になるだろう。これ以上怖がらせたくなくて、ヴォルフガングはソファーに腰かけていたコティの隣に移動した。

「ヴォルフガング様」

「大丈夫だ。何も心配いらない。夜間は特に見回りを増やす。何なら騎士を常駐させ警備にあたらせる」

「そこまではちょっと……普段と違うことがあると、不安定になる子もいますし……」

とにかく孤児院で暮らす子どもたちに異変を悟られたくないと項垂れる彼女の手を取り、ヴォルフガングは深く頷いた。

「君の言う通りだ。ならば陰から守ると誓う」

どんな危険からも守ってみせる。コティだけでなく彼女が大切に思っている子どもらも全て。

力強く言い切ったことが功を奏したのか、明らかにコティがホッとして息を吐いた。

「ありがとうございます……やっぱり、ヴォルフガング様に相談してよかったです……」

頬を赤らめた彼女は破壊力抜群に可愛かった。

やや潤んだ瞳からも視線を逸らせない。

急に二人きりであることを思いだし、ヴォルフガングの心拍数が大幅に跳ね上がった。

——これは……いまこそ求婚する絶好の機会じゃないか……？　いやでも、不安に付け込むようで正々堂々とは言えない……だいたい危険がある場所に子どもたちを置き去りにしてコティだけ連れ出すなんて、最低だろう……

結婚を申し込むのは全てが解決した後がいい。

そうでなければ、責任感が強い彼女は頷いてくれない気がした。

——うん、焦るな。自分の感情を押しつけてはいけない。コティの気持ちを考え、行動しなければ……

危うく暴走して求婚するところだった。自分には先走った前科がある分、気を引き締めなくてはならない。

ヴォルフガングは深呼吸で気持ちを落ち着け、改めて彼女に向き直った。

「君が無事で良かった。もしもコティに何かあったら、俺は生きていられない」

「ヴォルフガング様……」

彼女の大きな眼が更に見開かれる。アーモンド型の綺麗な瞳は、吸い込まれそうな魅力を放っている。

　思わず、眉の上あたりに口づけていた。

「こ、こんなところで……っ」

「すまない。我慢できなかった」

　あまりにも愛らしい彼女が傍にいると、自制が利かなくなる。触れたことがなければ耐えられても、今はもう自分はコティの唇がどれほど甘く柔らかいか知っている。頬が途轍もなく滑らかで、髪がサラサラと指通りがいいことも。

　もっと言えば、抱きしめた際の小ささや込み上げる庇護欲と愛情も全部知っていた。

　禁断の果実は一度味わえば止められなくなるからこそ、禁断なのだ。

　怖い思いをしたばかりの彼女に無理は強いたくないのに、ヴォルフガングの手は無意識にコティへ伸ばされた。

　――駄目だ。こんな時は優しく慰めるだけに留めないと……っ
　空中で拳を握り、どうにか堪える。しかし下ろそうとしたその手を、逆にコティに取られてしまった。

「……触れて、くれないのですか？」

　赤らんだ上目遣いで好きな女に囁かれ、立ち止まれる男がいるなら教えてほしい。

　たちまち理性の鎖は引き千切られ、ヴォルフガングは彼女を抱きしめていた。

すっぽりと腕に納まる身体は華奢だ。触れるたび、いつも壊してしまわないか不安になる。

軽く力加減を間違えただけでもポッキリ折れてしまうのではないか。そうでなくても失神してしまうのではないか。いつだって怖々抱き寄せていた。

しかし長らくしていた想像よりも柔らかく温かな身体が腕の中にいると思えば、甘い感慨に胸の中が満たされる。コティのためなら何でもしたい。何でもできると心の底から思った。

「……怖く、ないか？」

「ヴォルフガング様だから、平気です。――いいえ、貴方にはむしろ触れてほしい……こうしていると、とても安心できるんです」

騎士服越しに、コティがこちらの胸へ頬を擦りつけたのが感じられる。彼女の細腕が背中に回ってきて、ヴォルフガングは甘い匂いに酔いしれた。

――コティはいつも、美味しそうな香りがする……

菓子のようであり、花のようでもある。どちらにしても守りたくなり、かつ丸呑みしたくなる芳香(ほうこう)だった。

言ってみれば理性や良識を蕩かせる媚薬めいたもの。

判断力を濁らせる危険性も孕んでいる。それでいて『また嗅ぎたい』と渇望せずにはいられないのだ。

——だがこういう時こそ厳しく己を律し、彼女の信頼を勝ち得なくては……

女性の危機に乗じて甘い汁を啜ろうとする輩と、自分は違うのだと印象付けたい。頼り甲斐のある男だと思われたかった。

けれどそんなヴォルフガングの決意などおかまいなしに、コティはしっかりとしがみ付いてくる。小動物めいた動きでくっつかれると、とても引き剝がすなんて外道な真似ができるわけもない。

結局彼女を胸に抱いたまま、ヴォルフガングはコティの髪を撫で続けた。

——幸せだが、新手の拷問か……

先ほどまで読んでいた書類の内容を必死に思い出し、どうにか意識を逸らせる。そうでもしなければ、たちまち欲望に流されそうな自分が怖い。

懸命に他のことを考えようとしていると、不思議なことにヴォルフガングの脳裏に以前出会った猫が思い浮かんだ。

コティと同じ色の毛並みと瞳を持つ可愛い猫。長い尾をこちらの脚に巻きつけ、尾の付け根を叩いてやるととても気持ちよさそうに尻を突き上げた姿が鮮やかによみがえる。

愛らしい猫は癒しだ。これでよからぬ衝動をやり過ごすことができたとヴォルフガングは安心したのだが。

――何故……俺のアレは反応しているんだ……

愛してやまない猫のことを考え、淫らな欲は掻き消せたはずだ。それなのにあらぬ場所へ血が集まるのはどうしてなのだ。まさに人体の不思議である。

明らかな異変を下半身に感じ、ヴォルフガングは狼狽した。間違ってもこの緊急事態がコティにバレるわけにはいかない。こんな時に何を考えている。

己の駄目さ加減に失望し、一瞬意識が飛びかけた。

だが死に物狂いで平静を装う。何でもないふりをしつつ、少々前屈みになった。

「ヴォルフガング様……？」

「気にするな。何でもない」

彼女が言葉を発したことで、温かな吐息がこちらの首を擽った。それだけでより『アレ』の角度が鋭角になる。

長年培った無表情で乗り切るしかない。己のどうしようもない情けなさを悔やむのはコティが帰った後でいい。

とは言え、傷ついている彼女を追い出すわけにもいかなかった。

「ヴォルフガング様、顔色が悪くありませんか？」

「そんなことはない。いつも通りだ」

ある意味とんでもない場所が、いつも通りではないのだが。

――鎮まれ、俺……！　後でいくらでも解放してやるから、今だけは聖職者並みに無欲な紳士であってくれ……！

覚えたてのガキでもあるまいし、自分が信じられなかった。

コティ以外にこんなに強烈な渇望を感じたこともない。性欲がないとは言わないが、彼女と出会う前は淡泊な方だったはずだ。

それが今やあり得ない状況で爆発しそうになっていた。

――こんな窮地、戦場でも立ったことがない……！

内心冷や汗を流しながら、表情は崩さぬよう無表情を心がける。眉間の皺はぐっと深くなったが、そんなことはどうでもよかった。

「ヴォルフガング様……あの、その……下が……当たっています……」

「な……っ」

しかし現実は無残。とっくにバレていたらしい。

真っ赤になって俯いたコティが、至極言い難そうに口ごもった。

確かに、抱き合っている状態で身体に変化が生じれば、彼女が気づかないはずがない。隠し通せると思い込んでいたのは自分だけだ。

無情な事実に意識が遠退く。嫌われた、と考えたくもない答えが頭の中でガンガン鳴り響いた。

――終わった……よし、死のう。

「あっ、あの……もし私でお役に立てるなら……」

魂が抜けかけているところに、コティのとんでもない発言が耳に届いた。あまつさえ彼女はヴォルフガングの下肢へ手を伸ばしてくる。コティの手が擡げた欲望を掠めた瞬間、服越しにも拘らず強い快楽が駆け抜けた。

「……っつ」

「は、初めてなので、下手だと思いますけど……」

「コティ……っ？」

手際がいいとは言えない手つきで前を寛げられ、漲った屹立が飛び出した。おそらく男の剛直を直視するのは初めての彼女が息を呑む。だが意を決したように、ヴォルフガングの昂ぶりを小さな手で握ってきた。

「待て……っ」

「待てません。だって……、私の運命はヴォルフガング様だと信じたいんです……」

――何の話だ？

柔らかくしっとりとした手に包み込まれた気持ちの良さで、思考が散漫になる。

どこか必死な様子のコティの異変にヴォルフガングが気づけないほど、走り抜けた愉悦は強烈だった。

宣言通り慣れない手つきで、懸命に男のものを扱く様が堪らない。行為以上に視覚からの刺激が絶大だった。

顔を真っ赤にし、潤んだ瞳を恥ずかしそうに瞬かせつつも、決して視線を逸らさずコティがヴォルフガングの肉槍を見つめている。たどたどしい愛撫すら快楽の糧になった。

「駄目だ、コティ……っ」

「お願い、そんなこと言わないでください……っ、私、頑張りますから……！」

どこか悲壮感を漂わせた彼女が両手で太い幹を上下に擦る。単調な動きは快感をもたらすが、それだけで達せそうにはなかった。

逆に欲求不満が堆積し、欲望が荒ぶる。筆舌に尽くし難いもどかしさが、辛うじて残っていたヴォルフガングの理性をぶち壊した。

「きゃ……っ」

気づけば、コティをソファーに押し倒していた。慌てて起き上がろうとしたものの、彼女の両腕がヴォルフガングの肩へ回される。

搦め捕られた視線は艶めき、切実な願いが揺れていた。それが何なのか正確には汲み取れない。

それでも——求められていることは、はっきり分かった。

「コティ……っ」

「私じゃ、駄目ですか……？」

駄目なことなど一つもない。むしろ彼女じゃなければ誰でも一緒だ。他人なんていなくてもまるで困らないし、かまわない。

しかしそんな台詞がペラペラと出てくるほど、ヴォルフガングは口が上手くなかった。頭の中では溢れんばかりの愛の賛辞が渦巻いていても、それらは唇まで上ってこない。ぐるぐる脳内で乱舞しているだけ。だが自分としては精一杯伝えているつもりで、想いの全てを視線にのせた。

「ヴォルフガング様……口づけしてください」

キスを乞われ、拒む理由は勿論ない。コティが望んでくれるなら、いくらでもどんな時でも口づけしたい。

そっと彼女の唇を食み、軽い接触の後舌を絡ませた淫らなキスに溺れた。あえて唾液を混ぜ合って、淫蕩な水音を奏でる。

耳を犯す音に興奮が掻き立てられ、ヴォルフガングはコティの胸へ手を這わせた。

「ん……っ」

腰に来る喘ぎを漏らし、彼女が身体をくねらせる。その誘う動きに、『こんなことをしている場合ではない』という叫びは遠くへ追いやられた。

愛しさが加速する。好きだと辺りかまわず宣言したい。そんな心情とは裏腹に、ヴォルフガングは押し黙ったままコテイのスカートをたくし上げた。

何か下手に言葉を発すれば、全ては『結婚してくれ』に集約されてしまいそうだ。

不審者が侵入するような危険な孤児院に、彼女を置いておきたくない。ただそれは愚かな嫉妬が根源にあるとも、知られたくはなかった。

小さな男の矜持が邪魔をして、言葉が一層足りなくなる。

代わりに夢中でコティの身体を愛でた。

下着の脇から指を指し込み、そこが既に濡れていることを悟る。甘く男を誘う芳香に抗えず、ヴォルフガングは蜜を垂らす花弁へ舌を這わせた。

「ぁ……っ」

彼女が懸命に手で口を押さえ声を殺しているのは、この部屋で何が行われているか外に漏れないよう、気にしているからだろう。

部下たちに盗み聞きをする輩はいないが、真っ赤になって震えているコティがあまりにも可愛いので、あえて黙っていることにした。

我慢して涙目になっている彼女を堪能できる機会を逃したくない。どんな表情でも記憶に刻みたかった。

何故ならこんなに淫らで愛らしい姿を目撃できるのは、自分だけの特権だ。ならば丸ごと楽しみたい。

いつになく邪悪な興奮を覚え、ヴォルフガングはコティの淫芽を舌で転がした。

「……っ、ぅ……っ」

くぐもった喘ぎを漏らし、彼女が身を強張らせる。それでも素直に脚を開き、肌を朱に染めているところが、よりこちらを昂らせるとも知らず。

いっそ声を我慢できないくらい善がり狂わせてみたい。泣きながら快楽に堕ちてゆくコティはさぞや美しく可愛いだろう。

黒い欲望がじわじわとヴォルフガングの心を侵食してゆく。けれどすんでのところで、『本当に望むのは彼女の幸福と笑顔』だと思い直した。

己の下卑た欲をぶつけたいわけではない。ただひたすら、幸せになってほしいだけだ。

「っく……っ、ぁ、ん……ッ」

蜜道に指を差し込みゆったり探れば、コティのナカがヒクつき始めた。

声を出せない状況にいつもとは違う高揚を感じているのは、彼女も同じだったらしい。

コティが気持ちよさそうに喘ぐのを確認し、更に深く指を差し入れる。ぬかるんだ襞は熱く熟れ、ヴォルフガングの指を歓待してくれた。

「は……、もっと？」

耳元で問えば、コティはコクコクと頷いてくれた。そんな仕草もこちらの劣情を煽り、火に油を注ぐ。

――くそ、可愛い……っ

彼女の存在の何もかもがヴォルフガングを魅了する。一度手に入れてからは、渇望は治まるどころか天井知らずに増幅した。

もし今でも避けられていたらと考えると、心底ゾッとする。仮にコティが振り向いてくれる素振りすらなかったら、自分は現在洒落にならない暴走をしていたかもしれない。幸いにもあの夜未遂で済んだからこそ、今日の奇跡があるのだろう。

莢(さや)から顔を覗かせた淫芽に口づけし、口内で弄ぶ。膨らみ硬くなる花芯を甘噛みしてやれば、彼女の太腿がブルブルと痙攣した。

「ン……っ、んん……ッ」

健気にヴォルフガングの指を喰いしめ、か細い悲鳴と共にコティは果てた。

可愛い以外の形容が見つからない。猫の愛らしさだって、彼女には到底及ばない。もっと愛する人を甘やかしたくて、ヴォルフガングは自身の楔を濡れた秘裂に押し当てた。

「……いいか?」

「ん……っ」

恥ずかしがり屋のコティには、その返事が精一杯だったらしい。真っ赤になって横を向いてしまった彼女の頬に口づけを落とす。

そのままゆっくりと腰を押し進め、やがて最奥まで到達した。

「ぁ……っ」

身体の小さいコティに、ヴォルフガングを受け入れるのは毎回大変なことのようだ。それでもしばらく動かず彼女の腕を摩りこめかみにキスをし、髪を撫でていると、段々馴染んでくる。

己の形に変わりつつある内側が、この上なく愛おしい。

うねる蜜壁がヴォルフガングの剛直を淫らに舐めしゃぶった。

「……っ」

腰から脳へ直に響く愉悦が末端まで巡ってゆく。互いに必要最低限服を乱しただけの格好で、同じ律動を刻んだ。

激しくなりすぎないよう腰を振り、コティの内側を穿つ。引き抜く時には、殊更ゆっくりと。充分焦らし、再び一番奥まで貫いた。

「ふぁ……っ」

彼女の指の隙間から嬌声が漏れる。我慢してそれでも堪えきれずこぼれる艶声もいいけれど、やはりキスがしたい。

ヴォルフガングは唇を押さえているコティの手を、半ば強引に外させた。

「だ、駄目です……っ」

「たとえ外に聞こえても、誰も気にしやしない」

「そんな……っ、恥ずかしいじゃないですか……！」

「大丈夫」

そもそもヴォルフガングには、彼女の淫らな声を他の男に聞かせる気など毛頭なかった。そんなことになったら、相手の耳を潰してやる。だから安心しろと心の中では告げていた。

「……っは、ぁんッ」

深く突き入れたまま腰を回し、先端で子宮を押し上げる。するとコティは双眸を如実に悦楽で潤ませた。

「そこ……っ」

隘路がきゅうきゅうと収斂する。限界が近いのかもしれない。絡みつく粘膜を引き剝がすように腰を振れば、彼女の声から余裕が完全に失われた。

「ぁ……っ、あ、ひ……ッ」

可愛い。食べてしまいたい。丸呑みにして、誰の眼にも触れさせたくない。叶うなら、閉じ込めて一刻も早く自分だけのものに。

込み上げる黒い思考は隅に追いやり、ヴォルフガングはコティの快楽を最優先した。彼女が感じるところを重点的に探ってゆく。

いつも過敏に反応する花蕾を指で扱き外と中から攻め立てた。

「……っ、ぁ……ァあぁ……ッ」

淫道が収縮する。精を強請って男のものを奥へ誘った。

その動きに逆らわず、ヴォルフガングも己の欲を解放する。魂さえ吸い取られそうな喜悦の中、腕の中にコティをぎゅっと閉じ込めた。

――孤児院に忍び込んだ奴は、可能な限りすぐ捕まえよう……そうすれば、堂々と彼女に求婚できる……そうだ。それがいい。

怪しい奴は全員厳しい尋問にかけてやるとヴォルフガングが夢想していると、不意に彼女の手がこちらの背中を摩ってきた。

「悪い。重かったか？」

「い、いえ……そうではなくて……」

いつもなら情事の後、コティは疲れ切って眠ってしまう。けれど今日は何か言いたいことがあるらしい。

疲労を滲ませながらも、彼女は迷う視線をこちらに向けてきた。

「……私たちの……これからについて、なんですが……」

「その件は今度にしよう」

未来について語るのは、問題が解決してからだ。それに何としても自分から求婚したい。

これればかりは譲れない。

最高の贈り物を用意して、景色が素晴らしい場所へ連れていき、美味しい料理をたらふく食べさせ、最高潮に気分が盛り上がった時に、跪いて愛を乞うのだ。

そんな妄想をヴォルフガングが繰り広げていると、腕の中のコティが明らかに身を強張らせた。

「え……」

「悪いが、今はそんな話はしたくない」

間違っても彼女の方から結婚を切り出されるという失態を犯したくなくて、ヴォルフガングは顔を背けた。コティを見ていると己の決意が鈍り、今すぐにでも婚姻を申し込みたくなってしまう。何も準備しなくていいから、身一つで嫁いできてくれと額づきかねなかった。

――まだ新居も用意していないのに、駄目だ。落ち着け……！

「帰るのなら、送って行こう。孤児院の様子も見ておきたい」

これ以上密着しているともう一度コティを抱きたくなりそうで、ヴォルフガングは慌てて身を起こした。頭からすっかり飛んでいたけれど、ここは職場だ。盛っている場合ではない。

速やかに己の服の乱れを直し、彼女の身嗜みも整えてやった。その間、コティが俯いて押し黙っていることには気づかないまま。

「身体は辛くないか？　立つのが難しければ、抱えていくが」

「――……そうやって気遣ってくださるのに……本当は、私との将来を真剣には考えていないんですね……」

「え？」

小さな呟きは半分以上聞き取れなかった。コティ自身詳しく説明する気はないらしく、顔を上げることもない。

何か、とんでもない失敗をした。だが彼女が何かに傷ついていることは、伝わってきた。ヴォルフガングには理解できなかった。それだけは辛うじて分かる。だが己の失態が何なのか、ヴォルフガングには理解できなかった。

「コティ……？」

「帰ります。送ってくださらなくて、結構です……っ」

言い捨てるなり、立ちあがった彼女は部屋を飛び出していった。その背中には全力の『拒絶』が貼り付いている。

走って追いつくことは簡単だ。けれど呆然としていたヴォルフガングは、いつまで経っても動けないままだった。

5　汝、猫を崇めよ

辛い。悲しい。苦しい。痛い。

この世の負の感情の全てをぶち込んで煮詰めた鍋の中で、グツグツ茹でられている気分だ。

コティは、油断すると決壊しそうになる涙腺を必死で堰き止めた。子どもらの世話をしている間は気を紛らわせていられても、ふとした瞬間、重苦しい感情に押し潰されそうになる。

振られた。いや、正確には本気になってもらえなかったと言うべきか。

将来について話し合おうとしたら、ものの見事に拒否されたのだから。

——泣くもんか。

いつものように、男運が壊滅的に悪かっただけ。自分に言い寄ってくる男性は、だいたいろくでもなかった。今回は少々――いやかなり、絶望的に傷が深かったにすぎない。致命傷だが、幸いこうして息はしている。

――食欲はないし、ほとんど眠れないけど……死んでないのだから、マシよ。

ヴォルフガングに不審者の相談をしに行った日から三日。

彼は約束通り、孤児院周辺の巡回を強化してくれている。鍵の壊れた窓の修理も手配してくれ、あの夜以降、コティが身の危険を感じたことはない。

けれど自分とヴォルフガングが顔を合わせたのは、あの日が最後だった。

多忙だから彼が来られないのか。それとも別の理由があるのか。それは不明だ。

どちらにしてもハッキリしているのは、仮にヴォルフガングが会いに来てくれたとしても、コティが応じるつもりはないことだった。

――弄(もてあそ)ばれるなんて、ごめんよ。

義務感で結婚してもらうのも嫌だ。そこまで自分を安売りしたくないし、惨めにもなりたくない。

あの日、勇気を振り絞って切り出したのにやんわりと話をはぐらかされ、彼の本音を垣間見て、コティの心は固まった。

ヴォルフガングが運命の相手ではないなら、ここで終わりにしよう。

縋りついて傷つきたくはない。今ならまだ引き返せる気がした。

もっと深入りしてしまえば、おそらく立ち直れなくなる。どうせ猫化も治まらないし、彼と付き合う意味もないと思った。

――でも本気じゃないなら、あんなに優しくしないでほしかった。

もっとも主に優しくしてもらったのは、人間としての自分ではなく猫姿だった時ではあるが。

――素敵な恋に憧れたのが、そもそも間違いだったのかな。どうせ私の男運は最悪なんだから、馬鹿な夢を見るのはもうやめよう……

少なくともこの心の傷が癒えるまでは。しかしだとしたら、一生恋はできないかもしれない。

それくらい、本気で彼を想っていた。いつの間にか、ヴォルフガングが心の奥深くに食い込んでいたらしい。

自分でも情けなくて嫌になる。

強引に押しかけられた時はあんなに逃げ腰だったはずが、今は恋しくて堪らないなんて。人の心はこうも簡単に変わってしまうものなのか。

――だったら、こんな苦しさもいつかは過去のことになる……

それがひと月後なのか、数年後なのか――一生をかけても無理なのかは分からない。

それでも一日でも早く風化してくれと願わずにはいられなかった。

「……失恋……しちゃったなぁ……」

「コティ姉ちゃん、この先はどうやるの？」

不意に声をかけられ、コティの意識は現実に引き戻された。

はっと瞳を瞬かせれば、年長の子どもたちがジィッとこちらに注目している。その人数、四人。場所は、孤児院の一室だ。ここでは主に、将来のため勉強や生活の知恵を教えることになっている。

「失恋って何？」

「えっ」

しまった。今は小さな子らが昼寝中で、十代半ばの子どもたちに縫い物を教えているところだった。しかし必要な技術とはいえ作業に飽き始めていた彼らは、コティの漏らした『面白そうな話題』に興味津々で身を乗り出してくる。

「え、コティ姉ちゃん、恋人がいたの？」

「嘘ぉ、初耳！」

「姉ちゃんを振るなんて、どこのどいつだよっ」

一斉にその場は騒がしくなり、縫い物どころではなくなった。

「あ、あの、違う。聞き間違いだから……！」

「ええ？　自分で言ったんじゃん」

事態の収拾を図ろうとしたが、好奇心の塊になった子どもたちは容赦がなかった。すっかり手を止めて、キラキラと瞳を輝かせている。

「誰？　私の知っている人？」

「コティ姉ちゃん、結婚するの？」

「まさかここの仕事は辞めちゃうの？」

怒濤の質問に押され、眼を白黒させても追及の勢いは弱まらない。むしろ火力を増して、コティを追い詰めてきた。

「名前は？　収入は？　家族構成は？　怪しい思想に染まっていないよね？」

「男は財力と顔じゃない？」

「優しくて清潔感があれば充分よ」

「コティ姉ちゃんを幸せにしてくれる奴じゃなきゃ、絶対許せねぇ……」

それぞれ思い思いに発言し、大騒ぎになった。

「だから、そういう話じゃないってば……！」

「照れなくて良いのに。ね、どんな人？」

「おやおや、何やら盛り上がっていますね。面白いことがあったのですか？」

「院長先生！」

すっかり騒がしくなった室内へ顔を覗かせた院長に、子どもらがパッと顔を輝かせる。

駆け寄る子らの頭を撫でた院長は、コティにも柔和な笑みを向けてきた。

「楽しそうな声が、外まで響いていましたよ」

「う、煩くして申し訳ありません」

「注意ではないので、安心してください。静まり返った中で作業だけをしているより、ずっと良いです。子どもたちには、いつだって笑っていてもらいたい」

にこやかに言った院長は、子ども四人全員の頭を順番に撫でていった。皆、嬉しそうに眼を細めている。

十代半ばともなれば反抗的な子もいなくはないのだが、院長に対しては誰もが甘えた子どもらしさを見せた。

それだけ信頼されているのだろう。どうも舐められがちなコティとは大違いだ。

――私もこの方みたいに立派になれるよう、頑張らなくちゃ……これからは院長様に教えていただき、この孤児院に私の全てを捧げよう。そうよ、一所懸命仕事に打ち込んでいれば、いずれヴォルフガング様のことは忘れられる……

未だ消しきれない院長への苦手意識も、同様に消えてゆくはずだ。そうしなくてはならないと、強く思った。

「院長先生、コティ姉ちゃん好きな人がいるんだって」

「違うよ、もう振られちゃったんだよ」

「ちょ……っ、あなたたち……！」

無邪気に暴露した彼らには、悪意の欠片もない。むしろ落ち込んでいるコティを心配し、院長に相談しているつもりのようだ。

「それはそれは……辛かったですね」

同情を湛えた眼差しで院長から見つめられ、居た堪れない。彼としても、コティの恋愛問題に口を挟んでいいのか迷っているのが明らかだった。

「え……と、私でよければ話を聞きましょうか？　これでも貴女より長く生きていますから、助言くらいはできると思います」

「そうしてもらいなよ、コティ姉ちゃん！　悩んでいる時は人に相談するのが一番だって、前に教えてくれたじゃないか」

「院長先生なら、いい方法を教えてくれるよ」

「元気出して」

無垢な四対の瞳で見つめられ、いっそ泣きたくなった。破れた恋を子どもたちに知られ、この場にいるのが辛くなる。

もう今日は平気なふりをして縫い物を教える気にはなれず、コティは引き攣った笑みを浮かべた。

――この子たちなりに、私を案じてくれているんだよね……そう考えると、申し訳ないな……大人の私が幼い子に迷惑をかけて――情けない。

「そ、それじゃ、お言葉に甘えさせていただきます……」

本当は放っておいてほしかったのだが、仕方あるまい。これも彼らの気遣いだ。

それにあれこれ子どもたちに聞かれるのも耐え難く、コティは院長と共に静かに話ができる場所へ移動することにした。

「私の部屋へ行きましょう。そこなら他の誰にも聞かれません」

「はい……」

気分はさながら、処刑場への道程だった。だが重い足取りで進んでも、孤児院はさほど広くはない。すぐに目的の場所についてしまい、コティは深く嘆息した。

――応接室でもかまわなかったのに……わざわざ院長様の私室へお邪魔させていただくなんて……

方々へ心配をかけているようで、気が重くなった。

院長の部屋は、コティと子どもらの居室とは建物の出入り口を挟んで逆側にある。鍵の壊れた窓のもっと先。建物は玄関を起点に、左右へ伸びた造りになっているのだ。

院長室や金庫などがある区画は、普段ならばコティがあまり足を踏み入れない場所だった。

「さ、どうぞ。殺風景な部屋ですが」

「あの、院長様。あの子たちの言っていたことは、気になさらないでください。本当に何でもありませんので……」

――そう言えば、不審者が入り込んだ夜……侵入者は一歩間違っていれば子どもたちの部屋がある方向ではなく、院長様の部屋へ押しかけた可能性もあるのね……窓から逃げずに、そのままこちらの棟へ……

それはそれで大変なことになっていた。つくづく実害がなくて幸いだったと、コティが胸を撫で下ろした瞬間。

カチリと鍵がかけられる音を耳が拾った。

「……？」

コティの寝室にも、子どもたちの部屋にも鍵はない。今までそんなものの必要性を感じたこともなかった。鍵があるのは応接室と金庫のある部屋、それに院長の寝室くらいだ。

それ故、部屋を閉ざされた意図が分からず、コティは無防備に瞳を瞬いた。

「院長様……？」

「全く……貴女はいつになっても心を許してはくれませんね。どうすれば親しくなれるのでしょうか？」

男の、柔らかな表情は崩れない。だが何故か、コティの背筋がザッと粟立った。

「……え？」

「私としてはじっくり時間をかけて収穫するのも悪くなかったのですが……最近、貴女は良からぬ虫に集(たか)られているようですね。せっかく私が充分熟れるのを待とうとしていたのに……」

「な、何のお話ですか」

咄嗟に後退った身体が机にぶつかり、コティはその場に尻もちをついた。

腰から下に上手く力が入らない。ガクガクと戦慄いて、まるで他人の身体のように感じられる。

――侵入者があった夜と同じ……

恐怖で、身が竦む。己の意思で制御できない。何故あの夜と似た恐怖に襲われているのか分からず、コティは愕然として院長を見上げた。

混乱で、頭がきちんと働いてくれない。疑問符ばかりが巡っていた。それなのに身体は不思議と逃げを打つ。ままならない手足で、コティは尻を床についたままズルズルと背後に下がった。

――ついさっき、院長様に苦手意識は抱かないと決めたのに……

頭の中で激しく鳴り響くのは警戒音。とにかく少しでも、彼から距離を取りたかった。

「思えば貴女は最初から私を警戒していましたね。こんなに勘がいいお嬢さんは初めてです。皆、私の表の仮面にまんまと騙されてくれましたから」

完璧な笑みを張り付けた男が、コティに近寄ってくる。一歩距離を詰められるたび、名状し難い怖気が走った。

逃げたい。逃げなければと頭では考える。今すぐ立ちあがり、扉の鍵を解錠して。それが無理なら窓からでも。もしくは大きな声で叫べば、子どもたちが駆けつけてくれるかもしれなかった。

しかし身体はコティの指令を完全に無視する。後ろに下がるにも限度があり、やがて背中は壁に阻まれた。

「あ……っ」

「こういう仕事をしているとね、楽しみでもないとやっていられないんですよ。私は貴族出身と言っても大した力のない男爵家の三男だ。財産も権力も持っていない。だからと言って、汗水たらして働くなんて外聞が悪いでしょう。これでも一応、貴族ですから」

それは肉体労働を恥と捉える上流階級らしい考え方だ。彼らは、『金のために働くこと』をみっともないと思っている。

そこで家督を継ぐ可能性の低い男子は国政に携わるか名誉職に就く者が多い。または騎士になるか裕福な家の娘に婿入りするかだ。

だが当然ながら、条件のいい立場ほど席の奪い合いになる。能力があったり容姿に優れていたりすれば、望むものを手に入れられる確率も上がるけれど――

「私にはこれといった才能も伝手もなく、こんな小汚い孤児院の院長程度にしか収まれませんでした。全く……とんだ貧乏くじですよ。でも愚かな若い娘を唆すには、丁度いい」

以前と変わらない表情が、突然醜悪なものに見えた。

止まらない寒気が、コティの全身を震わせる。ずっと彼に抱いていた違和感。拭えなかった嫌悪感の原因を、唐突に悟った。

――院長様の眼は、いつだって笑っていなかった……

温和に細められていても、その奥に感情が籠っていたためしがあっただろうか。優しい言葉に心が込められていたことは？

おそらく、一度もなかった。

入念に隠されていたせいで気づくことができなかったものの、本当はこれまでずっとコティの深層心理は勘づいていたのかもしれない。

「とは言え、私もあからさまな子どもに興味はありません。大人になりきらない、絶妙な年頃がいいのですよ。身体は成熟していても、心がまだ幼く不安定なね。それでいて自分を立派な大人だと勘違いしている。やや硬い果実をもぎ取るのが堪らない」

「こ……こないでください……っ」

「そういった年齢の女は、簡単に騙すことができます。しかも幼い時から私を信頼させておけば、『自分の意思』や『自由恋愛』だと錯覚させ、美味しく食い散らかすことができるのです。後から訴えられる心配もない。名案でしょう？」

吐き気を催す言い分に、コティは鳥肌が立つのを抑えられなかった。

――この方は何を言っているの……？

およそ自分の常識では出てこない言葉の羅列に、眩暈がする。

どんなに苦手でも志の高い人物なのだと尊敬していた気持ちが、無残にも裏切られた。

どうやら眼に見えていた外面よりも、コティが感じ取っていたものの方が真実であったらしい。

叶うなら、自分の勘が間違っていてほしかった。

そうであれば、誰ひとり傷つくことはない。コティ一人、院長を苦手に思う心を入れ替え気持ちの整理をつければ済んだのだから。

けれど知ってしまえばもう遅い。何も分からなかった時点に引き返すことはできなかった。

「貴女を幼いうちから私好みに育てることはできませんでしたが……今からでも遅くないと目論んでいたのに、残念です。男性嫌いを優しく癒し、依存させてから収穫しようと思っていましたが、まさか他の男を咥え込むとは想定外です。存外、淫乱な女だったのですね」

「な……っ」

明け透けな物言いに絶句した。

上品だった院長の面影は、もはやどこにもない。下卑た嗤いに歪んだ口元は、ひたすらに醜かった。

「あ、貴方には関係ありません……っ！」

「結婚前に男に股を開いた分際で、随分偉そうだ。せっかく私が眼をかけてやったのに」

床に座り込んだままだったコティの眼前に、院長がしゃがみ込んできた。同じ高さの目線になって、いよいよ彼の双眸が冷ややかなのを悟る。

こんなにも近くで覗きこんだことがなかったので、これまで完全に見落としていた。人を人と思わない傲慢さ。初めから女を見下した眼差し。一度見つけてしまえば、それらがくっきりと表れていた。

「嫌……っ」

「本当なら、私は生娘以外には食指が動かないのですよ。ですが貴女は汚れていても何故かそそられる……他の男のお下がりなのは業腹ですが、この際我慢して差し上げます。その代わり、もう優しい院長様の仮面を被る必要はありませんね」

男の指先がコティの頬に触れ、叫び出したいほどの悍ましさを感じた。髪を梳かれることすら、気持ちが悪い。

どんどん接近してくる院長と壁の間に挟まれ、コティは己の迂闊さを呪った。

――何故もっと、自分の直感を信じなかったの……！

「まさか、先日の侵入者は……っ」

「私ですよ。貴女の部屋に伺って楽しい時間を過ごすつもりでしたが、どこかから猫が入り込んでいたようで諦めました。全くあの畜生は厄介です。床下に潜り込まれるだけでもクシャミや咳が止まらなくなる」

楽しい時間とやらは、院長にとってだけだろう。コティにとっては地獄同然の悲劇が迫っていたと知り、眼の前が真っ暗になった。

あの夜狙われていたのは子どもたちではなく、コティ自身だったのか。そんなこと微塵も考えていなかった分、衝撃は大きかった。

――じゃあ、あの時の変身は……猫になることで私は守られたの……？

迷惑でしかなかったおまじないの効果。だが無意味などではなかった。不可思議な力で危機を察し、回避するために再び猫化が訪れたとしたら。

――ヴォルフガング様が『運命の相手ではない』のが理由じゃなかった……？

考えてみたらこれまで、猫になるたびにコティはヴォルフガングへの想いを深めていった。それはつまり、本当の彼を知るきっかけを作ってくれたということだ。あれらが全部、コティの願いを成就させるためであれば、説明がつく。全ては、コティが幸せを摑めるように。

占い師の女性はお礼と称し、不思議なおまじないをコティに施した。

彼女が本気でコティの幸せを願ってくれたのなら、襲われそうになったところをおまじないの効果で助けてくれてもおかしくはない。むしろそう考えない方が、整合性が取れない気がした。

「……っ」

――それなのに、私はヴォルフガング様に弄ばれたと勝手に思い込んで……

自分と彼は結ばれないものだとすっかり尻込みしてしまった。だが全て愚かな勘違いだったなら、自分は彼を振り向かせる努力を怠っただけではないか。

運命の相手ではないなら諦めると決めたのは、コティ自身。本当なら運命かどうかなんて誰にも分かるわけがない。全ては結果論。遠い未来でしか結論は出やしない。

誰だって恋をしたら、最大限努力してぶつかっていかなければ愛しい人の心は得られないのだと、やっと理解できた。

――成就しないなら、いらないなんて……ただの言い訳だわ……

報われる保証がないと怖くて動けない狡さを、ごまかしたかっただけ。傷つくのを恐れて、逃げた理由をこじつけたにすぎなかった。

――こんな私じゃ、ヴォルフガング様に選ばれなくて当たり前じゃない……

涙が頬を伝う。

だが、コティの泣き顔を見た院長がいやらしく笑った。

「いい表情ですね。いつもは完全に懐かせて味わうのですが、たまにはこんな風に強引に奪うのも悪くありません。貴女はどうも男の嗜虐心を刺激する」

「や……っ」

こちらに伸ばされた男の手を避けようとしてコティは身を縮めた。

こんな男に触れられたくない。大好きな人に大切に扱ってもらった身体を、悍ましい男に好きにされたくはなかった。

「大人しくなさい。悪いようにはしませんよ。私が次の孤児院へ異動するまで玩具になってくだされぱいいだけです」

「嫌……っ、ヴォルフガング様……！」

強引に押し倒され、床に後頭部を打ちつけた。伸し掛かってくる男に、コティに対する気遣いは欠片もない。どっしりと体重をかけられ、あまりの重さに呻きを漏らした。

「……っぐ」

「苦痛に歪む顔も良いですね。こういう趣味はなかったのですが、癖になりそうです」

院長の口元から唾液が滴り、コティの胸元に落ちた。その瞬間、声にならない悲鳴が喉を震わせる。

気色が悪くて、全身がささくれ立つ。今猫であったなら、身体中の毛が逆立っていたことだろう。

――そうだ、どうして今こそ私は猫になれないの……っ？

変化すれば、猫嫌いの院長は慌てて逃げるはずだ。扉一枚隔てていてもクシャミが止まらなくなるくらいなら、直接触れれば大変なことになるのは眼に見えていた。

だとしたら、貞操を守れる。何なら二度とコティに触れようと思わないに違いない。

――でも秘密がバレてしまう……

人が猫に変化すると、この悪辣な男に知られれば、いったいどんな目に遭うか分かったものではなかった。おそらく腹いせも込め、魔女として告発される。

そうでなかったとしても、秘密をネタにして脅迫されるのは確実な気がした。その際、どんな要求をされることやら。

想像するだけで、底知れぬ泥沼に沈む心地がした。

――駄目……下手をしたら、ここの子どもたちや占い師さんにも迷惑がかかってしまう……

最悪の妄想は留まるところを知らない。自分がどんな選択をしても未来に暗黒しか見えず、絶望の文字が浮かぶ。諦めたくないのに、コティの手脚からは力が抜けた。

「おや、大人しくなりましたね。自分の立場が理解できましたか？　ご褒美(ほうび)に一つだけ忠告して差し上げましょう。もし貴女が私との関係を拒めば、他の子どもが代わりを務めることになりますよ」

「な……っ、まさかここの子に手を出すつもりですか……っ？」

「手を出すなんて、下品な。先ほど説明したように、自分の意思で選ばせるんですよ。まぁ多少は誘導させてもらいますがね。でも搾取(さくしゅ)されたとは本人も気がつきません。平和的な関係です。――先刻縫い物をしていた中に、なかなか愛らしい娘がいましたね。あの子はもう少し成長したら、さぞや美人になるでしょう」

ニタリと嗤った男の顔が悍ましい。叶うなら、つばを吐きかけてやりたい。

気合だけは勇ましく、コティは院長を睨みつけた。だが抵抗するべき手脚はちっとも動いてくれない。叫ぶべき喉も、掠れた音を奏でるだけだった。

「反抗的な眼ですねぇ……ですがそれが逆に男を昂らせると学習した方がいい。貴女はどうやら私のような性質の人間を刺激するようだ」

「ひ……っ」

べろりと頬を舐められ、コティの全身が強張った。悲鳴もろくに発せられない。涙だけがボロボロと溢れる。心に思い描くのはたった一人。

――ヴォルフガング様……！

「言わなくても分かると思いますが、私を告発しようとしても無駄ですよ。貴族出身で人格者と名高い私と、孤児の娘のどちらが信頼を得るかなど、考えなくても理解できますよね？」

「……っ、卑怯者……！」

「人生の先達として、教えて差し上げただけです」

胸元を乱暴に引き裂かれて、コティの代わりに布地が甲高い悲鳴を上げた。

彼しか知らなかった頃には戻れないのだと思い、悲しみが広がる。もうヴォルフガングに合わせる顔はない。

それでも——最後にもう一度だけと祈らずにはいられなかった。まだ伝えられていない言葉がある。本当なら、最も聞いてほしかったことなのに。

——自分から逃げ出しておいて、自分勝手でごめんなさい。でも私、貴方だけを愛しています。これから先も、ずっと……

どうしても口にできなかった言葉を頭の中で繰り返した。

おそらくこの台詞を声にする日は今後一生やってこない。だったら結果に怯えずヴォルフガングに伝えておけば良かった。ほんの数文字の短い言葉なのに。

迷惑がられるのではないか臆病になって、本当に好きになってもらえるよう真心を告げられなかったことが心底悔やまれた。

——ごめんなさい……ヴォルフガング様……

もっと一緒にいたかった。願わくは、この先の人生をずっと。共に老いて永遠の眠りにつくまで。

――愛しています、ヴォルフガング様――

心を閉ざし瞼を下ろす。

室内にドガッと轟音が鳴り響き、扉の上部が吹っ飛んだのは次の瞬間だった。

およそ簡単には壊れそうもない分厚い扉が、見るも無残に真っ二つにされている。

更に残った下の部分は蹴り飛ばされ、閉ざされていた出入り口は強引に抉じ開けられた。

「え……っ!?」

眼の前で起こっている事態が把握できず、コティは唖然とした。しかしそれは自分だけでなく、院長も同じだったらしい。

しかも彼は、いそいそと尻を出したところで固まっている。何とも情けない状態で、コティに伸し掛かった体勢だった。

「な、何だ……っ?」

「貴様こそ何をしている……?」

「ひっ?」

地獄の底から響いたのかと思う呪詛に、驚きの声を上げたのはコティだった。

扉があった場所には悪魔――もとい、よく知る男が立っている。しかし立ち昇る怒気が具現化した姿は、これまで眼にしたことがないほど恐ろしいものだった。

陽炎（かげろう）のように憤怒（ふんぬ）が揺れている。黒髪が逆立ち、いつも以上に身体が大きく見えた。赤い瞳は血の色そのもの。ギラギラと危険な光を帯び、敵を屠る決意が漲っていた。

威嚇目的で、分かりやすく大声を上げるのでも、暴力を見せつけるのでもない。ただ、そこに立っているだけ。

けれど圧倒的な殺意を放たれ、動ける者などいるはずがなかった。

「そうか。死にたいんだな」

「わ、私は何も言っていないぞっ？」

素早く室内に踏み込んできたヴォルフガングに剣先を突きつけられた院長は、下半身を丸出しにしたままコティの上から飛び退（すさ）った。脅しでないことは、院長の服が切り裂かれたことからも明らかだ。もし彼が咄嗟に逃げなければ、きっと中身諸共鮮やかに斬られていたに違いない。

ヴォルフガングはその体軀からは想像もできないほど、足音も立てずしなやかに動く。あまりの速度に、コティは眼で追うのが精一杯だった。

「何も……？　汚いものをコティの視界に入れただけで、万死に値する」

完全に瞳孔（どうこう）が開いた双眸で、ヴォルフガングが薄ら笑いを浮かべた。だがそれを笑顔と呼べる人間など、この世にいないと思う。

幻聴でしかないのに『死ね』と聞こえる。それも楽には死なせてもらえないのがヒシヒシと伝わってきた。

――こ、怖……っ、いくら何でもこんなに恐ろしいヴォルフガング様は見たことがないのですが……っ？

これまでの仏頂面など可愛いものだ。迫力がまるで違う。ひょっとしてこれが戦場に立った彼の姿かとコティは慄いたけれど、もしここに彼の部下がいたら『それは違う』と否定しただろう。

良くも悪くも常に冷静なヴォルフガングは、怒りに駆られて剣を握ったことはないと証言するに決まっていた。残念ながら、コティがそんな事実を知る機会は今後もないが。

溢れ出る殺意を隠す気は毛頭ないのか、ヴォルフガングが長剣を構え直した。少しも隙がなく、決して敵を逃がさない決意が感じられる。

視線は院長から一瞬たりとも逸らされることはなかった。

――というか、瞬きもしていない……

一点を見つめ揺らがない眼差しは、狂気を帯びていた。じり、とヴォルフガングが足を踏み出すたびに、院長も後ろに下がる。先ほどのコティと同じように壁際に追い詰められるまでに、時間はさほどかからなかった。

「わ、私が誰だか知っているのか？　こんなことをすれば貴様もただでは済まないぞっ」

「性犯罪者が何を言う。それ以上しゃべるな。空気が汚れる」

「く、国の英雄だか何だか知らんが、平民出身の分際で……！」

「お前の自慢は辛うじて貴族の家に生まれたことだけか？」

辛辣なヴォルフガングの言葉は痛いところを突いたのか、院長が絶句した。そして顔を真っ赤に染め震え出す。

「この私を侮辱するとは……っ、絶対に許さん……！」

「どうやって？　お前はこの場で俺が殺すのに」

「い、いけませんっ、ヴォルフガング様！」

呆然としていたコティはようやく身を起こした。未だ下半身には力が入らないので、這って男二人に近寄る。

今にも院長へ斬りかかりそうなヴォルフガングの足元に縋り、懸命に首を横に振った。

「そんなことをしては、問題になります……！」

ヴォルフガングも国から爵位を得てはいるが、生まれながらの貴族との差は歴然だった。その上悔しいけれど、院長の評判はかなり良い。

もしこの場でヴォルフガングが院長を殺せば、どんな結果を招くのか考えるまでもない。流石に国の英雄が処刑されることはなくても、何らかの罰は下されるだろう。地位や名誉を失い、彼が望んだ『平民出身でも努力次第で評価される』世界が遠退いてしまう。

コティは、それだけは阻止したいと思った。

「……君はこんな下種を庇うのか」

「庇っているのは、ヴォルフガング様の方です！　正直、あっちはどうなってもかまいません！」

涙ながらに言い募れば、彼は僅かに瞳を揺らした。

「落ち着いてください。私は……貴方が私のために人を傷つける姿を見たくありません。私のせいで傷つくところも……」

「……っ」

濁っていた赤い瞳がハッと見開かれる。狂気の色が薄れてゆく。激しく燃え盛っていた怒りの焔は、みるみるうちに鎮火されていった。

「……すまない。嫌なところを見せた」

「い、いえ」

正気を取り戻したのか、ヴォルフガングの顔つきから危うさが消えた。無駄のない所作で剣を鞘に納めれば、いつも通りの泰然とした彼に戻っている。だが警戒を緩める気はないようで、院長を冷然と見下ろした。

「……お前には法の裁きを受けさせる」

「わ、私は何も罪を犯していない」

悔しいが、その通りだ。コティは院長の言葉に唇を噛み締めた。

過去の悪行も犯罪とは言い難い。幼子に手を出したわけではなく、時間をかけ言葉巧みに都合のいい玩具に仕立てただけなのだから。被害者たちも、自分が搾取されたとは気づいていないだろう。コティへの暴行は未遂。これでは大した罪には問えなかった。

――いくらでも言い逃れはできる……

貴族の特権を使い罪を逃れることも、偽りの仮面で築き上げた周囲の評価を利用して、逆にコティを貶めることだって考えられる。

要は、明らかにこちらの方が不利だった。

仮に正直に訴えたところで、うやむやにされてしまう可能性が高い。そうなれば院長は、また別の場所で似たようなことをしでかすかもしれなかった。これまでずっと、そうしてきたように。

――被害者は恋をしただけだと信じて、自分が利用されたと気づいていない人もきっと多い。だけどやっぱり、こんなことは間違っている。絶対に許しちゃ駄目なんだ……！

過去の被害者らの夢を無理やり壊そうとはコティだって考えていない。それがいかに残酷なのか、分かるから。綺麗な思い出を穢すのは心苦しい。

だがこの先は話が別だ。

男の身勝手な欲望の毒牙にかかる新たな少女が出ないように、みすみす見逃すことはできないと強く思った。

「――お前の犯罪の証拠ならある。言い逃れはできないぞ」

「ふん、過去の女たちが私を売るわけがない。あの娘どもは自ら望んで身体を許し、私の異動に伴い、泣く泣く別れたと信じ込んでいるのだからな。自分を悲劇の主人公だと浸っているだろうよ。だいたい男と女の自由な恋愛に、いったいどんな罪がある？」

「……その件は、俺の一存で告発するつもりはない。だがもし誰かが訴え出たら、話は変わってくると思え。その時は俺も一切容赦しない――……証拠があるお前の罪は、毒餌によって人に害をもたらしたことだ」

「何だと？」

顔色を変えた辺り、院長には身に覚えがあるのだろう。

けれど壮年の男はすぐさま表情を取り繕った。

「……最近巷を騒がせている件か。しかし私には関係ない」

「お前が毒餌を仕掛けるのを、目撃した者がいる。殺鼠剤を大量に購入したことも調べ済みだ。支払い明細や店舗、日時の記録は全て押さえた。他の毒物に関しても同様だ」

「殺鼠剤は、必要になったから買っただけだ。見ろ、このおんぼろの孤児院を！　毎日鼠が走り回って不衛生極まりない。それに目撃者と言ったが、見間違えたに決まっている。いったいどれだけの人間が深夜の暗闇の中、個人を認識できるっ？」

自分が捕まるはずはないと、思っているのだろう。院長はニヤリと口角を上げた。醜く歪んだ笑みは、男が常日頃浮かべていた微笑みとは全く違う。

汚い本性が剥き出しになった、見るに堪えないものだった。

「騎士なんて名ばかりのならず者だな。言いがかりはそこまでにしてもらう。勿論きちんと謝罪はしてもらうぞ。貴様には公の場で責任を取らせてやる。国の英雄が無実の人間に罪を擦り付けようとするとは……この落とし前、どうつけるつもりだね？」

ヴォルフガングを言い負かせたと確信し落ち着いたのか、院長はようやく服を整えた。尻丸出しの状態から抜け出し、余裕を取り戻す。己の優位性を誇示しようとしているのか、殊更顎をそびやかせた。

「もっとも私は慈悲深い人間だ。貴様の態度如何によっては許してやらないことも――」

「壊れた窓の鍵すら直せない経済状況で、鼠退治のために大量の毒が必要だと？　だったら猫でも飼ったらどうだ？　それに俺はここに来て、そこまで深刻な鼠の被害を感じたことはない」

「わ、私は猫が苦手なのだ。息が詰まって、湿疹が出る。あんな生き物を敷地内に入れるなんて、考えただけでゾッとする……！」

「猫を愛でられないとは、人生の大半を損しているな」

ヴォルフガングが院長に対し初めて、同情めいた顔を向けた。だがそれはすぐに再び、厳しい表情に塗り替えられる。

「浅はかな言い訳だが、まぁいい。――では何故お前は、毒餌を仕掛けた人物が目撃されたのを、深夜の暗闇の中だと知っていた？」

「……っ！」

語るに落ちる。

冷静さを取り戻したように見えて、実際のところ院長は相当焦り動揺していたに違いない。

自ら口を滑らせて、その事実を指摘されるまで思い至らないほどに。

「そ、れは……っ、う、後ろ暗いことをする人間は、隠れてコソコソやるに決まっているからだ。少し考えれば誰だって分かる！」

「そうか？　毒餌は、善意の者がよく野良猫に食べ物をやっている場所に仕掛けられていた。その人物は普段は昼間の決まった時間に餌を与えている。日当たり良好の、広々と見晴らしがいい私有地なんだがな」

「だからどうした？　私には関係ないと言っているじゃないか！　猫が集まる場所なんて行ったこともない。この無礼な若造が！」

人は追い詰められると、仮面を被れなくなる。

窮地に立たされた時に見せる姿こそ、その者の本質なのだ。今コティが目の当たりにしている院長は、とても尊敬できる人物ではなかった。そして意識することはなくても、見抜いていた本当の姿だ。

「――だったらこれは？　私有地に落ちていたものだ」

ヴォルフガングが掲げたのは、金の鎖だった。しかし彼の手の隙間からちらりと見えただけなので、それが何なのかまではコティには分からない。しかもすぐに握り込まれて、余計に見えなくなった。

――ネックレス……？　でも院長様が？

「馬鹿な。それなら肌身離さず持っている」

得意げに院長が取り出したのは、見事な金細工の懐中時計だった。如何にも高価な彫金が施されており、容易に入手できないものだと一目で分かる。おそらく、家門の紋章が彫られているのだろう。

それを、院長はさも大事そうに懐へしまった。

「私を罠に嵌めるつもりだろうが――」

「俺はこれが懐中時計だと口にしたつもりはない。普通はネックレスだと思いそうなものだが？　それに行ったこともない場所であれば、お前が落とし物をしたかどうか案じる必要もないのに、何故そこまで動揺する？」

淡々としたヴォルフガングの口調に、絶句したのは院長だった。

悉く反論を封じられ、完全に狼狽している。平然としていた顔色は、見る間に青くなっていった。

「う、煩い。黙れ」

「黙りたいのはやまやまだが、この件は解決しなければならない。当然、コティにしたことも償ってもらうぞ。――その命でな」

「えッ」

コティの制止を聞き入れて、冷静さを取り戻したと思っていたヴォルフガングの怒りの出力が再度上がった。

今度は地獄の業火も呑み込みかねない勢いで。

ギラギラと光る赤い双眸は、完全にあちら側へ行っているとしか思えなかった。

「ちょ……ちょ……っ、私なら大丈夫ですから！」

「まずは指を一本ずつ落とし、その後手足を……眼は最後まで残してやろう……」

「待って、待って！」

「叫ばれると煩いから、舌は先に……ああ、いらない性器は時間をかけて削り取ろう……」

さながら死神と化した大柄な男は、開きっ放しの瞳孔で院長を凝視している。明らかに常軌を逸したヴォルフガングの様子に、院長がガタガタと震え出した。

もはや強気な発言をする気力すら奪われたようで、短時間で急に年老いて見える。心なしか、白髪が増えた。

「先ほど、公の場所で俺に責任を取らせると宣っていたな。安心しろ、俺はそんな公開処刑じみた真似はしない。恥をかく前に人知れず殺してやる」

「ま、待ちたまえ……っ、は、話せば分かる……っ」

「もう口を開くな。コティの耳が穢れる。よくも俺の大事な人に、汚い手で触れ汚物を見せたな」

改めて鞘から剣を抜いたヴォルフガングが剣先を院長に据えた。重そうな長剣なのに、片手で構えても微塵も揺らぐことはない。一振りで人間の首と胴が泣き別れになるのが予想できた。

「駄目、ヴォルフガング様……っ！」

剣を振りかぶった彼にはこちらの声が届いていないのか、背中を向けたまま振り返ってもくれない。それが途轍もなく寂しい。

コティは懸命に立ちあがり、ヴォルフガングの背に抱きついた。

「私なら、大丈夫です。ヴォルフガング様が助けてくださったので、何でもありません。わ、私を大事だと思ってくださるなら——こっちを見てください」

忌まわしい犯罪者への報復ではなく、傷ついた自分を癒す方を優先してほしい。そんな願いを込め、コティは愛しい人を抱きしめた。

「私だって、ヴォルフガング様が大切です。こんな下種な男のために手を汚してほしくはないんです」

思えば自分たちは、これまで圧倒的に会話が足りなかった。

コティ自身、言葉足らずになっていたことは否めない。触れていれば不安は薄らいだけれど、それだけで心の空白全部を埋めることなどできやしないのに。

「コティ……俺を、大切だと言ってくれるのか……？」

「当然じゃありませんか！　誰より好きな人なんですから！」

やっと言えた。彼からの告白を待つだけでなく自ら告げても良かったのだと、ようやく気付けた。恋愛に不慣れなコティは、そんな簡単なことも知らなかったのだ。

王子様がある日突然現れて、自分をつまらない毎日から救ってくれると信じている幼子同然に、ぼんやり座り込んでいただけ。それでは不遇な男運から逃れられるわけもないのに。

「好き……」

オウム返しに繰り返したヴォルフガングの耳がみるみる朱に染まる。蒸気を発しそうなほどの勢いに、驚いたのはコティの方だった。

「ヴォルフガング様……っ？」

「お、俺も……君を愛している。前からずっと……」

こちらを振り返った彼がコティを抱きしめ返す。その瞳からは完全に狂気が消えていた。今は温かみのある赤い双眸が、愛しい女を映しているのみ。

そしてコティもヴォルフガングを熱の籠った眼差しで見つめた。

二人の前には、恐怖のあまり失神した院長が転がっている。しかしそんなものは全く眼に入らなかった。完全に二人きりの世界で意識が閉じる。想いが通じ合った喜びの他は、どうでもいい。

「君を愛している……コティ」

「私も……ヴォルフガング様が大好きです……」

だから彼の部下たちが「団長、いくら犯人確保のためでも、俺たちを置いて一人で行かないでくださいよ！」と叫びながら踏み込んで来るまで、コティとヴォルフガングは互いにしっかりと抱き合ったままだった。

孤児院の院長が捕縛された。それも、動物虐待と女性への暴行で。

温厚で高潔な、愛に溢れる人物と周囲から認識されていた分、その報せがもたらした影響は、相当なものだった。

まさかそんなと庇う声もあれば、捨て猫如きのために大袈裟だと無罪を訴える声もある。しかし重体に陥っていた幼児の親が正式に訴えたことにより、事態は大きく動いた。子どもの親が有力者だったことで、とても揉み消せなかったのだろう。

とは言え、罪状としては私有地への侵入を含めても軽微なものばかりだ。問題は、毒餌を仕掛け結果的に人に危害を加えたことを、どこまで罪に問えるかだった。

「……最悪、無罪放免があり得るのですか?」

コティはヴォルフガングに肩を抱かれた状態で、眼前に広がる街の景色を眺めていた。

ここは王都を一望できる高台に建つ瀟洒な屋敷だ。以前は貴族の別邸だったものを、最近彼が購入したらしい。

今日はお披露目も兼ね、コティはここに招かれていた。広々とした庭園は色とりどりの花が咲き誇り、あちこちにベンチや四阿が設けられている。そのうちの一つに腰かけ、素晴らしい景色を堪能しているところだった。

——こうして一緒に過ごせるのは久しぶり……院長様が捕まり取り調べが始まって以来、ヴォルフガング様に会えなかったから……

ただでさえ忙しい彼の仕事が倍増し、宿舎に帰る時間もないそうだ。

貴族が絡んだ事件の決着をつけるため、連日証拠集めやら根回しやらで、あちこち飛び回り忙しく働いているらしい。しかも間もなくまた行商人たちがやって来る時期になる。

騎士団全体がさぞや多忙を極めていることだろう。

そんな中、コティは突然『新居を買ったから見に来てくれ』とヴォルフガングに呼び出された次第だった。

――あんまり急だったから驚いたけど、本当に素敵なお屋敷……ヴォルフガング様は騎士団宿舎を出て、こちらに引っ越されるのかな……？　だとしたら、孤児院からは距離があってこれまで以上にあまり会えなくなってしまうかも……

それは、寂しい。だがこんな風に人目を気にせず一緒に過ごせることは、単純に嬉しかった。

ここには今、二人以外誰もいない。いずれは使用人を雇うのかもしれないが、少なくとも今日は二人きりだ。誰に憚ることなく、コティは彼と触れ合うことができた。

「いや、それはない。と言うのも、あの男が昔勤めていた孤児院で、被害を受けたと訴える女性が出てきた。大人になって考えてみたら、あの男に貢ぐため身体を売ったり赤子を諦めたりしたのは『恋ではなかった』と気づいたそうだ。今後新しい被害者を出さないために、全て話したいと申し出てくれている」

「え……そんな酷い目に遭って、証言を決意してくださるなんて、とても聡明で勇気がある人なのですね……どんなに辛かったことか……私にも何かできることはありませんか？　もし騎士団の男性に話すのが辛ければ、代わりに私が聞くとか……あ、部外者がしゃしゃり出るなんて迷惑ですよね……」

コティだったら、辛い過去は自分さえ口を噤めばなかったことにできると思ってしまうかもしれない。きっと思い出したくないし、美化した記憶のまま壊したくないだろう。

それほどあの男の下劣な行為は、叶うなら他人に知られたくないことだ。自分だって、今回もしあのまま襲われていたら、とても告発なんてできない可能性があった。

それなのに声を上げた人がいる。

コティの中で尊敬の念が募り、感嘆の息を漏らした。

「そうだな。とても悩み、苦しんだと思う。周囲も理解を示す人間ばかりではない。だがだからこそ——何としても彼女の勇気に報いたい」

強く言い切ったヴォルフガングの横顔に、コティの胸がときめく。彼がいてくれて良かったと、心から思った。

「その被害者の素晴らしさは勿論だが、俺はコティのことも尊敬する。まず初めに被害者の心配をして労れる君は、嘘偽りなく優しい人だ。そんなコティが俺の恋人になってくれて、本当に嬉しい」

「ヴォルフガング様ったら……」

口下手なくせに、こんな時はドロドロに甘い台詞を吐く彼は、どうやら本心を語っているだけのつもりらしい。照れもせず、堂々と言い切った。

「それと、騎士団には少ないけれど女性騎士もいるから、安心してくれ。流石にそういう配慮はちゃんとしてある」

「だったら、良かったです。昔を思い出すことで、傷が深くなったら大変ですから」

願うのは悪人が裁かれ、誰もが報われて幸せになれる公平な世界が訪れること。そのために苦しむ人がいるのは、嫌だった。

「ああ。心配するな。もしあの男が罪を免れたら、俺が代わりに断罪してやる。たとえ相打ちになっても、コティを傷つけた者を生かしてはおかない。君の幸せを脅かすものは決して許さない」

「……いえ、それは駄目です。私はヴォルフガング様にも幸せになってほしいので」

本気でやりかねない彼に、コティは努めて冷静に言い聞かせた。この人は、どうも自分の犠牲を軽んじているところがある。

なまじ強くて頑健な身体を持っているから、傷を負うことに無頓着なのかもしれない。

院長――今は解任され『元院長』の男がコティを傷つけたことに憤ってくれるのは嬉しいが、やりすぎたりヴォルフガング自身が危うくなったりしては意味がないと思う。

「私は二人で……幸せになりたいのです。そのためには、ヴォルフガング様の報復を望みません。ずっと私の傍にいてください」

思いの丈を込め、コティは隣に座る男の瞳を見つめた。至近距離で絡んだ視線は熱を帯びている。

ずっとの一言に滲ませた願いは明白だ。この先の未来を共に歩んでほしい。運命の相手かどうかは関係なく、コティ自身がそうしたいと心から祈った。

どうか彼に自分を選んでほしい。いや選ばせてみせる。そんな思いで大きく息を吸う。

ヴォルフガングの双眸は歓喜で潤んだ後、何かに気づいたようにハッと見開かれた。

「待ってくれ、それ以上は俺に言わせてほしい」

今まさに『結婚してほしい』と告げようとしていたコティは、直前で出鼻をくじかれた。だが真剣な面持ちでこちらを見つめる彼の双眸に宿る熱を見つけ、呼吸が乱れる。

何を言われるのか、もう分かった。

肩に置かれた熱い掌。真っ赤に染まった頬。愛情が駄々洩れになった瞳。

それらを直視して、理解できないはずはない。

いくらコティが恋愛事に疎くても、こればかりは汲み取れた。大好きな人が必死に告げようとしてくれていることなのだから。

「ヴォルフガング様……」

「コティ、どうか俺と結婚してくれ。必ず君を一生愛し抜いて幸せにする。だから俺も幸せにしてほしい。この家で一緒に暮らさないか」

風が、コティの髪を散らす。視界の隅で揺れる茶色の髪は、もう長いこと猫の毛並みになってはいない。

最後に変化したのは、院長がコティの部屋に忍び込もうとしていたあの夜だった。以降一度も、額が熱を持つ予兆すらない。

――ああ……本当にあのおまじないは効力抜群だったのかもしれない……

あれのおかげでコティはヴォルフガングの真実の顔を知ることができた。照れ屋で可愛い一面を持つ、動物好きのやや思い込みが激しい人。猫になることがなければ、どれも知らないままだったに違いない。

その上、院長の魔の手から身を守ることまでできた。

初めは変身なんて呪いに等しいとさえ思ったが、今となっては神の祝福も同然だ。全て奇跡だったのだとストンと胸に落ちた。

「……勿論です。私こそ、よろしくお願いします」

いつかあの女性占い師と再会できたら、心から感謝を伝えよう。貴女のおかげで焦がれていた夢を手に入れられたと。本当にありがとうと。

どれだけの礼を告げても、この幸せを言い表すには足りないかもしれないけれど。

「……ヴォルフガング様、ここで生活を始めたら、猫を飼いませんか？」

「え？　コティも猫が好きなのか？」

驚きに眼を見張った彼は、喜色を隠せない様子で食いついてきた。猫好きのヴォルフガングのことだから、きっとそうしたいと考えていたに違いない。それに、コティも動物は大好きだった。

「はい。猫には沢山お世話になりました」

「猫に、世話に……？」

怪訝（けげん）な顔をする彼がおかしい。けれどこれはコティだけの秘密だ。夫婦になっても、一つくらい絶対に言えない隠し事があっても良いと思う。

――貴方が猫の私に向けてくれたデレデレした顔や言葉遣いは、私だけの宝物です。

「はい。崇（あが）めたいくらいに」

「よく分からないが、確かに猫は崇めたい可愛らしさだ。……できたら淡い茶色の毛並みに水色の瞳をした猫を飼いたいな。以前はよく顔を合わせたのに、最近めっきり見かけない可愛い奴がいたんだ」

「へ、へぇ」

それは私ですとは言えず、コティの視線が若干泳いだ。だが、思い出してもらえたことが擽ったい。今ではもう、ヴォルフガングの記憶の中にしかいないコティの猫姿。彼が覚えてくれていることが、とても嬉しかった。

ヴォルフガングのキスが額に落ち、コティの心も身体も幸福感でいっぱいになる。真っ赤になって微笑めば、彼も笑み返してくれた。

ただし男の双眸には、隠しきれない情欲が滲んでいる。

――ん……？

ヴォルフガングの手が妖しく蠢く。服の上からコティを弄る仕草は、明らかに卑猥な色を孕んでいた。

「あの……ヴォルフガング様……こ、ここでは」

当然嫌ではないけれど、せめて屋敷の中に移動したい。ここは完全に屋外だ。誰かに見られる心配は少ない高台に位置し、広大な敷地内にあるとはいえ、昼間の外であるのに変わりはなかった。

だが、先ほど見学させてもらったので、屋敷の中にはまだ充分な家具が揃えられていないこともコティは知っていた。

綺麗に掃除されているとはいえ、今すぐ住める状況にはない。寝室に未だベッドが搬入されていないことも、自分の眼で確認済みだった。

「君を床に押し倒すわけにはいかない」

「で、ですがここもそう大差ないような……」

四阿はベンチがあるが四方に壁はない。見通し抜群である。しかも人に目撃される心配がいくら乏しいとて、こちらからは街が見下ろせることに羞恥が煽られないはずがなかった。

眼下では人々が普通の日常を営んでいる。昼間のこの時間、大抵の者は働いているはずだ。ヴォルフガングは今日非番であるが、騎士団は変わらず街の治安を守ってくれているわけで。

そんな中、自分たちはこうしていやらしいことをしているのだと思うと、頭が破裂しそうになった。

「だ、駄目です……っ」

「そんなつれないことを言わないでほしい。俺に慈悲を垂れてくれ」

色香が滲む男の声に、コティの下腹が切なく疼いた。

いつもは険しく顰められている顔が、自分を求めて目尻を下げている。命令に慣れているはずなのに、随分下から懇願されていた。

――か、可愛い……。

最近気づいたことなのだが、コティはどうやら彼のこういう『いつもと違う』面に弱いようだ。

胸がドキドキとして、つい望みを叶えてやりたくなる。自分だけに見せてくれる姿を、もっと独り占めしたい欲に駆られた。

「でも……」

「大丈夫。誰にも見られない。――俺以外に見せるわけがない」

そっと鼻先を齧られ、鼓動が跳ねた。

蠱惑的な表情のヴォルフガングに見惚れているうちに、スカートの中に彼の手が潜り込んでくる。あ、と思った時にはもう、素早く下着を奪われていた。

「……服、汚したら困るだろう？　自分で裾を持って捲ってくれないか？」

あまりにも淫靡な『お願い』にクラクラする。本来なら絶対に断るべきところだ。室内ならまだしも、ここでは日の光を浴び、鳥や虫の声が直接聞こえる屋外なのだから。

「ん……」

けれどコティは、言われるがまま素直にスカートをたくし上げた。既に下半身を守ってくれる下着はない。つまりスカートを捲れば恥ずかしい場所が晒されてしまう。

それなのに、拒否する気にはなれなかった。

「可愛い」

「ふ、ぁ……っ」

コティの臍に口づけたヴォルフガングに押され、ベンチの上で仰向けになる。見上げた先には薔薇の絡んだアーチと、その向こうに真っ青な空が広がっていた。

「あ……っ、硬くて痛いか？」

慌てた様子の彼が服を脱ぎ、横たわるコティの下に敷いてくれた。自分は上半身裸になったのに、そんなことは微塵も気にしていないらしい。むしろ眩しい日差しの下で眼にするヴォルフガングの肉体は、芸術品のように素晴らしかった。

筋肉の陰影がはっきりと見て取れる。ほどよく日に焼けているのは、鍛錬中に上を脱いでいることが多いのかもしれない。

あまりにも綺麗で、コティは暫し呼吸も忘れた。

「……やっぱり、じっと見られると緊張するな」

「ヴォルフガング様はいつも私の身体をじっくり見ているじゃないですか……」

「確かに。だが好きな女の裸を見ないでいられる男はいない」

一度想いが通じ合うと、かつては言ってくれなかった愛の言葉を彼は惜しげもなく伝えてくれた。更に視線や行動で、迸る愛情を示してくれる。

「それなら……私もヴォルフガング様の裸身を見物しても良いですよね」

「ああ。思う存分見て触れて、味わってくれ」

負けず嫌いな挑発は軽やかに受け止められ、淫靡な眼差しに射貫かれて、体内が甘く疼く。再びコティがスカートの裾を捲(めく)れば、彼の指が太腿の狭間(はざま)を探ってきた。

「ん……っ」

「嬉しいな。もう濡れている」

「だ、だって……ヴォルフガング様がいやらしい眼で見るから……」

「俺が見るだけで、君はその気になってくれるのか？　だったらこれからも眼を離せないな」

男の太い指が花弁を探り、肉の裂け目をゆったりと撫で摩る。

肌の表面を辿られているだけなのに、じりじりと興奮が高まった。

胸元を乱されて、コティの乳房がまろび出る。既に乳頭は硬くなり、淫らな色に染まっていた。

「何だか、また大きくなった気がする」

「えっ、や、やだ……」

人と比べ、己の胸の重量感は自覚していた。それはコティにとって『恥ずかしい』ことでもある。

乳房が大きくて得をしたことはなく、むしろ嫌な目に遭った記憶しかないためだ。男性から性的な視線を向けられることは勿論、女性から『頭が悪い証拠』と嘲られたこともあった。

男運が悪いのも胸が原因の一つだと思えば、とても誇れるものではない。

だからこれ以上成長されては困ると思ったのだが。

「俺はコティの身体なら、大きくても小さくても大歓迎だが……重いと肩が凝ると聞いたことがある。君は大丈夫か？」

初めに浮かんだ疑問は『そっち？』だった。その後、じわじわと喜びが湧き上がる。

――この人は、いつも『私』を見て、最優先に考えてくれる……

おそらく、コティ自身より自分を大事にしてくれている。誰よりも尊重し、常に気にかけてくれているのだと思った。

「……平気ですよ。それに……ありがとうございます。私もヴォルフガング様がもっとムキムキになって巨大化しても、大好きです」

どんな彼でも絶対にコティを愛し傍にいてくれる。ならば姿形は関係なかった。

仮に今以上に体格差が開いたとしても、二人の関係が変わることはない。周囲に不釣り合いだと嘲られたところで、互いが想い合っていればそれは雑音でしかないのだ。

「でも、きっと俺の方がずっとコティを好きな気持ちが大きい」

「勝負するところですか？　それ」

「いや。俺は君が幸せになってくれるなら、満足だ。その過程で俺も幸せになれたら、最高だが」

「なれますよ。……いいえ、二人で一緒になるんです」

片手の指を絡めて深く手を繋ぎ、キスを交わした。見つめ合う瞳には、愛しい人が映っている。

芳醇(ほうじゅん)な薔薇(ばら)の香りが立ち込める中、コティはそっと自らの脚を開いた。

「花よりも濃厚に君の匂いがする。俺がこの世で一番好きな香りだ」

ヴォルフガングの指が蜜路を探り、濡れ襞を往復した。そこは熱くぬかるんで、トロトロに蕩けている。

ナカで指を折り曲げられると、堪らない愉悦が生まれた。

「あ……っ」

「ほら、きちんと裾を持っていないと」

快楽のせいでコティの力が抜けかけたのを見破ったのか、彼が意地悪く指摘してくる。

慌ててスカートを握り直すと、ヴォルフガングが身体を下へ移動させた。

「んぁッ」

指とは違う感触が媚肉を襲う。蜜道に差し入れられた舌が、淫猥に蠢いた。爛れた肉襞を擽って、内側でグネグネと動く。時折啜り上げられると、得も言われぬ快感がコティの背中を突き抜けた。

「あ……ァああッ」

彼の鼻に花芯を潰され、余計に喜悦が膨らむ。コティの太腿を押さえている手の熱さにすら興奮が煽られる。蜜口に息を吹きかけられれば、反射的に四肢が戦慄いた。

「んぁああ……っ」

「前よりも感じやすくなった？　それとも俺を欲してくれている？」

どちらも事実だが、素直に『はい』と言うのは恥ずかしい。淫蕩な質問に答えられずコティが言い淀めば、内腿を何度か吸い上げられる。そのたびにチクリとした痛みが走り、赤い痕を残されていった。

「や、ん……っ」

「コティの全身に、俺のものだという証を刻みたいな……」

「そ、そんなことをしなくても、私はヴォルフガング様のものです」

「ああ……そして俺は君のものだ」

陶然と囁いた彼が腰を押し進めてくる。硬く反り返った男の剛直は、すっかり解れた蜜穴に呑み込まれていった。

「……ぁあ……っ」

大きくて硬い肉槍に貫かれると、やはり苦しい。しかしそれを上回る快感に全てが染め上げられてしまう。

この世で最も大好きな人を受け入れる喜びは、何物にも代え難かった。

「あ……っ、ヴォルフガング様……っ」

「愛している、コティ……っ」

体内を灼熱の楔で押し開かれ、愉悦が込み上げた。互いの腰が重なって、粘膜が密着する。ほんの少し動かれるだけで絶大な悦楽が生まれ、嵐のように暴れ狂った。

「あ……っ、んんッ」

上下に揺さ振られるたび、卑猥な水音が下肢から奏でられる。掻き出される蜜液が幾筋もコティの腿を伝い、透明の線を描いた。これではいくらスカートを捲って汚れないように気遣ったところで、下に敷いている彼の服はいやらしく濡れてしまうかもしれない。

だがそんなコティの心配も、瞬く間に喜悦の波に押し流された。

「あ、ゃあ……っ、ア、あんッ」

ヴォルフガングを受け入れている蜜口を指で辿られ、入り口のヒクつきが止まらない。最大限に伸び切った陰唇は、さぞや淫らに涎を滴らせているだろう。

わざととしか思えない淫音を立てながら抜き差しされると、コティの爪先が靴の中でキュッと丸まった。

「ひぁっ、それ……ぁ、アあっ」

突然抱き起こされ、下ろされたのはベンチに腰かけた彼の上。ヴォルフガングの腿に跨る形で、コティは驚きに眼を見張った。

「や……ッ」

自重で深々と串刺しにされる。これ以上は無理と思っていた最奥をゴリッと穿たれ、眼前に火花が散った。

「ふ、深い……っ」

「ああ……堪らないな」

うっとりとした男の顔には、汗が滲んでいた。細められた双眸からは溢れんばかりの愛情が伝わってくる。甘く乱れた吐息は滾り、コティの内側では雄々しい肉槍が更に質量を増した。

「んん……っ、も、駄目……っ」

「君の中がうねっている」

「は……ぁ、んぁっ」

尻を摑まれ上下に揺さ振られると、これまでとは違った場所が擦られた。しかも重力に従って身体が落ちた瞬間に、下から鋭く突き上げられる。

脳天まで響く衝撃に、瞼を下ろすことすら叶わない。コティの閉じられなくなった口は淫蕩な嬌声だけを漏らし続けた。

「やぁあ……ひァッ、あ、変になる……っ」

もうスカートの裾を摑んでいる余裕などない。コティはヴォルフガングの背に両腕を回し、広い胸板に縋りついた。

「は……君に抱きつかれると、いつも頭が溶けそうになる……ッ」

「ひぅっ、ぁ、あああッ」

「この匂いも、嗅いでいると他のことが全部どうでもよくなってくる……っ」

蜜窟を搔き回され、愛液が攪拌される。白く泡立った潤滑液は、どんどん溢れて止まらなかった。

舌を絡ませ合う淫靡なキスに溺れ、コティは次第に彼の動きに合わせて自らも腰を振る。互いに快楽を分かち合えば、体温が同じになり一層一つになれた感覚が高まった。

乳房がいやらしく揺れて、ヴォルフガングの服に擦れる。その刺激も心地よく、より淫らに肢体をくねらせた。

「はぁ、あ、あんッ……ぁ、アあああッ」

上下だけでなく前後にも腰を使われると、彼の下生えにコティの花芽が摩擦される。敏感なそこを攻められると、たちまち淫道が収縮した。

「……ひぁ……ッ、あ、いい……っ」

「俺も、最高に気持ちがいい……」

ゾクゾクとした愉悦が末端まで広がってゆく。出口を求め、快楽が体内で暴れ狂う。その熱を解消してくれるのは、コティにとってヴォルフガングだけ。他の者では、代わりにならない。

彼にとって、自分もそうであったら良いと心底思った。

「あ……っ、ぁああ……ッ」

青空の下で淫らに達し、コティは全身を戦慄かせた。身体の一番深い部分で、熱杭が弾ける。

子宮に注がれる白濁の勢いはすさまじく、絶頂感が引いてくれない。コティはヴォルフガングに跨ったまま、幾度も四肢を痙攣させた。

「あ……ぁ……」

腹の中に愛しい人の子種がある。それだけでもう、この先の幸せな未来を想像できた。素敵な高台の屋敷で始まる二人の新生活は、いったいどれだけ素晴らしいものか。夢想するだけでワクワクは止まらない。きっとコティの期待を上回る楽しい日々が待っているに決まっていた。

猫を飼って、いずれは愛する人との我が子を腕に抱く。どれも全て煌めいている。欲張りだと言われても、一つも諦めたくはなかった。

「……ヴォルフガング様、私……孤児院の仕事は辞めたくありません……」

「ああ、俺もあそこで働いている君を見るのが好きだ。それにあの場所なら、仕事の合間に会いに行ける」

こめかみにチュッと口づけられ、頭を撫でてくれる手に安らぎを覚える。だが蜜道に収められたままの屹立が再び芯を取り戻すのを感じ、コティはジトッと彼を見つめた。

「……お仕事の合間にいやらしいことをするのは禁止です」

以前自分が騎士団本部で誘ったことは棚上げにし、口を尖らせながら忠告した。するとヴォルフガングは数度瞬いた後、晴れやかに破顔する。

「ははっ、そう言われたらまるで期待されているのかと俺は勘違いしそうだ」

「な……っ、ち、違いますよ。私は本気で……」

「ああ、そういうことにしておこう。だがコティから誘惑されたら、俺は断れないことを覚えておいてくれ」

その物言いでは、まるでいつか再びこちらから欲してしまうのを予言されているようだ。つまり、『仕事中に淫らな真似はしないとは約束できない』と宣言されたのも同然だった。

「ヴォルフガング様……！」

「仕方ない。君はいつも俺をおかしくさせる」

とんだ言い掛かりだ。けれど笑顔の彼にキュンッとときめいてしまい、コティは愛しい男の胸に顔を埋めた。

「もう……っ、ヴォルフガング様は意地悪です」

「最大限、優しくしているつもりだ。君の幸せが、俺の一番の望みだから」

それなら既に充分叶えてもらえた。

コティは幸福を嚙み締めて、ただ一人愛してやまない男の腕の中で微笑んだ。

エピローグ

ヴォルフガングがその占い師に出会ったのは、偶然だった。

隣国の行商人がやってきて賑わう市場を巡回中、すれ違った瞬間にその女性の方から声をかけてきたのだ。

「あらあら、ひょっとして貴方が彼女のお相手かしら？　ふぅん、なかなかいい男を見つけられたみたいじゃない。おまじないが役に立って良かったわ」

「……何の話だ？」

見知らぬ、それも異国の格好をした女に腕を掴まれ、ヴォルフガングは警戒感を露にした。こんな風に声をかけられることは少なくないが、秋波を送られているとは感じなかったからだろう。

その女性は露出度の高い衣装を纏っていても、ヴォルフガングへの誘惑の意図は全くなさそうに見えた。

「あら、ごめんなさい。つい以前からの知り合いの気分になってしまったわ。どうにも他人事じゃなかったのよ。私にとってはね」

ますます意味の分からないことを言われ、ヴォルフガングは眉間の渓谷をより深めた。普通の人間であれば、眼光一つで竦み上がる凶悪な面相である。

しかし年齢不詳の女性は、意味深に笑み返しただけだった。

「ふふ。間もなく恋人と結婚するのでしょう？　どうぞお幸せにね」

「……どうしてそれを知っている」

まだ公にされていない事実を言い当てられ、ヴォルフガングは微かに双眸を見開いた。数日前、コティに求婚し返事をもらったばかりで、誰にも明かしていないのに。

しかし女性の格好はどう見ても占い師だ。自分はそういったものを全く信じないけれど、全てを否定するつもりもない。

偽物や詐欺師の類(たぐい)がどれほど多くても、ほんの一握りの『本物』が存在することも認めていた。ならば眼前の女は『数少ない本物』なのだと納得する。

「私が取り持ってあげたようなものよ。感謝してほしいわね。あの子の背中を押してあげたんだから」

「あの子とは、コティのことか？」

「名前までは聞いていないわ。会ったのは二回の偶然だけなの。もし次があったら、それは太い縁(えにし)があるということだし、互いに名乗るかもしれないわね」

女の言うことはどうもフワフワとしていて捉えどころがない。もどかしく感じつつもコティに関することなら無視はできないと思い、ヴォルフガングは占い師に正面から向き直った。

「――貴女がコティに俺とのことを勧めてくれたのか？」

だとしたら恩人だ。何か礼をしなければ。

先刻まで半ば不審者扱いだったのに、クルリと掌をひっくり返す。ヴォルフガングは不思議な女に感謝の眼差しを注いだ。

「勧めたのではないわ。選んだのは彼女自身。私はきっかけを作ってあげただけ」

「きっかけ？」

「いつもなら、お礼だとしてもそこまではしないのだけど……あの子は私と『同じ』だったから、ついお節介を焼いてしまったわ」

嫣然と微笑んだ占い師の眼が意味ありげに細められた。その瞳は普通の人間とは違う世界を映しているように思える。

それはヴォルフガングの勝手な思い込みにすぎないとしても――妙な空気を嗅ぎ取って、肌が粟立った。

――何だ……？　まるで戦場で得体の知れない敵と対峙した時のような――

「彼女、男運が最悪でしょう。悪いなんて言葉じゃ収まらないくらい、壊滅的だわ」

こちらの張り詰めた思考など無関係に、占い師の女はおどけた口調でそう言った。つい一瞬前まで漂っていた緊迫感をぶち壊す態度に、ヴォルフガングの強張りも解ける。

何とも憎めない人物だと感じ、秘かに息を吐いた。

「……昔、色々あったとは聞いている」

「でしょうね。私もそうだったからよく分かるわ。可哀想だけど生まれ持った性質なのよ。そしてこれから先も変えることはできない。下手をしたら命に係わることもありえる」

「何だと？」

聞き捨てならない。ヴォルフガングは自分の中で黒い焔が燃えるのを感じた。

もしも誰かがコティに危害を加えようとしたら、絶対に許せない。先日孤児院の元院長は司法の手に委ねると決めたが、本当ならこの手で八つ裂きにしても足りなかった。

万が一、今後似たようなことが起これば――

「でも安心して。身を守る方法がないわけじゃない」

「それは何だ？　教えてくれ」

ヴォルフガングには、あらゆる危機からコティを守る自信がある。しかし他にも保険がかけられるのなら、より安全な方策を巡らせたい。全ては彼女のために。

もし眼前の占い師が運気を上げるお守りやら札やらを買えと言うなら、吝かではなかった。幸い金ならある。どんな手でも使うつもりで、思わず前のめりになった。

「――あの子はね、おかしい男にほど好かれやすい。そういう危うさを孕んだ男の何かを刺激する。接点が増えれば増えるほど、『ギリギリ普通の仮面を被っていた』人間の本性を引き摺り出すのよ。そしていずれは我が身も滅ぼす……そういう星の下に生まれついているの」

「いったい何の話を……」

言葉を絞り出しながらも、ヴォルフガングは身に覚えがあると思った。

自分も、己の中に押し殺せていた危険な攻撃性を抉り出されてはいなかったか。コティに関わる時にだけ、理性は簡単に壊された。

いつも彼女のことで頭がいっぱいになり、必死に自制していなければコティを傷つけてしまいかねないことが、何度もあったではないか。

暴走しかける自身を、掻き集めた理性で制御していた。時に危うく『あちら側』へ転がりそうになったことも――

「貴方は自分もその一人だと、理解しているみたいね。きちんと冷静に俯瞰できている証拠よ。そして異常な狂気を並外れた自制心で抑えることができる。あの子を守れるのは、そういう男」

「え……」

己すら焼き尽くしそうな狂気に慄いていたヴォルフガングは、占い師の言葉に唖然とした。この女は『お前は頭がおかしい』と指摘しながら肯定しているのか。正気の沙汰ではないと思い、混乱した。

「私たちのような、他人の狂気を増幅させる人間は生きるのに苦労するわ。そんなつもりがなくても、いつどこで危機に晒されるか分からない。しかも相手の行動原理は到底理解し難いもの。自衛にも限界があるのよ。極力他人と関わらなければ多少は安全だけど、そういうわけにはいかないでしょう？」

孤児院育ちのコティは、大人になった今もあまり外へ積極的に出ることがない。世界が狭く閉じているのを哀れだとヴォルフガングは感じていたが、それこそが辛うじて彼女を守ってくれていたらしい。

「だけど安心して？　そんな私たちにも救いは用意されている。この凶運を消し去ることはできなくても、上手く利用することだって可能なの。壊れた男の中にも、強い自我で己を律し、自分の欲望ではなく相手の幸福を優先できる人もいる。そういう男性を選び出して傍に置き、愛せばいいのよ。私と夫のようにね」

騒がしいはずの市場の通りで、占い師の声だけしか聞こえなかった。他は雑音にもならず、ヴォルフガングの意識から締め出されている。

戦場では腕っぷしだけでなく、研ぎ澄まされた勘と真実を見抜く眼がなければ生き残れない。そういう意味で言えば、眼前の女の言葉は事実であると己の何かが判断を下した。

あまりにも非現実的な話を聞かされたのに、不思議とストンと腑に落ちるものがある。

これまでの諸々の出来事はそういうことだったのかと、ヴォルフガングは全てを受け入れていた。

「……だがそれならコティは、自分を守らせるために俺を……？」

打算があったとすれば、少なからず悲しい。けれど同時にかまわないとも感じた。

いかなる理由があったとしても、彼女に自分が選ばれた事実は変わらない。この先の人生を共にできるなら、同じことだ。ヴォルフガングは喜んで身を捧げ、コティの幸せのために尽くすつもりだった。

「あの子は何も知らないわ。当然、そんな思惑で貴方を選んだわけじゃない。ただ単純に、愛しただけよ。私はその気づきのきっかけを作っただけ」

艶やかに微笑んだ占い師が、突然ヴォルフガングの背後に向かい大きく手を振った。振り返って見れば、そこには行商人らしきガタイの良い男が手を振り返している。

髭面で、いかにも屈強そうな大男だった。

「あれが私の夫。少しばかり壊れているけれど、優しくて甘えん坊の可愛い人よ。他の男とあんまり長く話していると不安定になるから、もう行くわね」

それまで妖艶だった女が恋する乙女の顔に変わる。その鮮やかな変化に、ヴォルフガングは笑みをこぼした。

「夫君を怒らせては大変だ。色々教えてくれてありがとう。またいずれコティに会うことがあれば、仲良くしてやってほしい。――同類の先達として」

「任せておいて。仲間を一人でも多く幸せに導くことが、私の趣味でもあるのよ」

夫のもとへ向かう彼女がヴォルフガングの脇をすり抜ける。それは愛し愛される幸せをよく知る女の足どりだった。

「ああ、最後に教えてくれ。貴女がコティに与えてくれたきっかけとは何だ？」

「それは内緒よ。女の秘密だもの」

軽やかな笑い声が遠ざかる。

夫のもとへ駆け寄った占い師の女が去ってゆくのを、ヴォルフガングは笑顔で見送った。

あとがき

こんにちは、山野辺(やまのべ)りりです。今回は大好きな猫の魅力を存分に詰め込みました。強面男子と可愛い生き物……最高の組み合わせじゃないですか？

暴走系ヒーロー、書いていてとても楽しかったです（いつも暴走しているという意見は却下します）。

男運最悪なヒロインが大の苦手としている、厳つい騎士様。そんな彼に成り行きと誤解から付き纏われるようになり……というストーリー。とある秘密のおかげで、これまで見えなかった彼の一面に触れ、印象が変わってゆくのを楽しんでいただけたら嬉しいです。

イラストを描いてくださった芦原モカ先生、ありがとうございます。

あまりの可愛らしさで度肝を抜かれ、つい担当様に「ソーニャさんなのに可愛い……!?」と言ってしまいました（偏見）。猫の可愛さとヒロインの愛らしさとヒーローの凶悪面からの笑顔の破壊力よ……心からありがとうございます！

この本の完成に携わってくださった全ての方々にお礼申し上げます。

何より、最後まで読んでくださった皆さまに、最大限の感謝を！

それではまた、どこかでお会いできることを願って。

この本を読んでのご意見・ご感想をお待ちしております。

◆ あて先 ◆
〒101-0051
東京都千代田区神田神保町2-4-7 久月神田ビル
㈱イースト・プレス　ソーニャ文庫編集部
山野辺りり先生／芦原モカ先生

愛が欲しくば、猫を崇めよ

2022年11月7日　第1刷発行

著　　者　山野辺りり
イラスト　芦原モカ
装　　丁　imagejack.inc
発 行 人　永田和泉
発 行 所　株式会社イースト・プレス
〒101－0051
東京都千代田区神田神保町2－4－7 久月神田ビル
TEL 03－5213－4700　FAX 03－5213－4701
印 刷 所　中央精版印刷株式会社

ISBN 978-4-7816-9735-2
定価はカバーに表示してあります。

Sonya ソーニャ文庫の本

『モフモフ悪魔の献身愛』 山野辺りり

イラスト 緒花

Sonya ソーニャ文庫の本

『獣王様のメインディッシュ』　山野辺りり

イラスト shimura